吉田雄亮

大奥お猫番

実業之日本社

JN230356

実業之日本社文庫

大奥お猫番／目次

千代田（江戸）城
半蔵門
清水門
吹上御庭
雉子橋門
竹橋門
天守台
P.5 拡大図
馬場
本丸
大奥
東照宮
一橋門
中奥
紅葉山
西之丸
三之丸
表
二之丸
坂下門
桔梗門
外桜田門
大手門

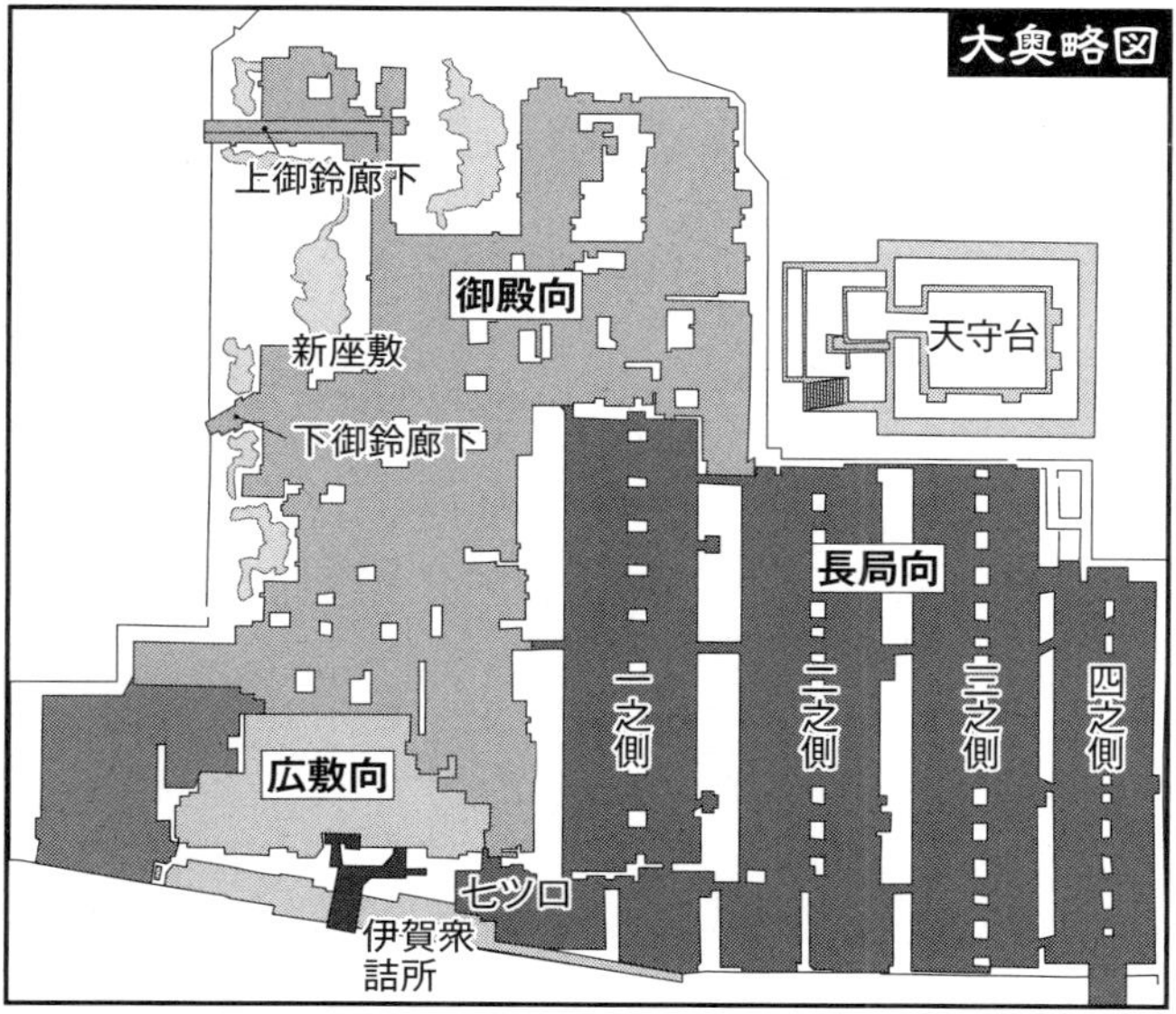

大奥略図
上御鈴廊下
御殿向
新座敷
下御鈴廊下
天守台
長局向
一之側
二之側
三之側
四之側
広敷向
七ツ口
伊賀衆
詰所

地図／ラッシュ

第一章　お猫番拝命

一

「玉《たま》〜」

「鈴《すず》〜」

千代田城《ちよだじょう》大奥の御年寄《おとしより》、御中臈《おちゅうろう》お付きの奥女中たちが、住み暮らす長局《ながつぼね》近くの庭のあちこちで、それぞれの主人たちが飼っている猫たちの名を呼んで、探し回っている。

大奥は原則、将軍以外の男は出入りできない、男子禁制の場所と定められていた。

この男子禁制は、人間だけでなく、動物にも及んでいた。大奥では小鳥や金魚などの観賞魚以外は、牝猫《めすねこ》だけが飼う事を許されている唯一無二の生き物であった。犬は男子が飼う動物とされ、城内では大奥以外の場所で飼われていた。

が、男子禁制の大奥にも例外があった。大奥にかかわる事務や、奥女中たちから要求された買い物などを代行する御広敷《おひろしき》用人や配下の者、陸尺《ろくしゃく》、仕丁《しちょう》たちは、大奥への出入りを許されていた。

猫には、さかり、がある。猫は、さかりの時期の欲望は抑えきれない。そんな牝猫たちのために、千代田城内には多数の雄猫が飼われていた。

雄猫たちには、果たすべき役割が与えられていた。千代田城内で栽培されている草木や作物などを食い荒らし枯死させる、鼠《ねずみ》や土竜《もぐら》、蛇などの害獣を駆除するのが、雄猫たちの仕事だった。

そんな雄猫たちの世話をするために、伊賀衆組頭《いがくみがしら》配下の伊賀者たちが配されていた。

猫のさかりが終わるころに、大奥で繰り広げられるいつもながらの光景、牝猫たちを探し回る奥女中たちの姿を、大奥新座敷そばの廊下から、苦々しげに見詰めるふたりの武士がいた。

御台様《みだいさま》用人ともいう、御広敷用人の戸田四郎衛門《とだしろうえもん》と、広敷番頭《ばんがしら》の岡林哲之介《おかばやしてつのすけ》であった。

「御留守居《おるすい》が、御年寄の若槻《わかつき》様に呼ばれて『愛猫の玉がもどってこない。広敷配下の仕丁たちに命じて、探してもらえぬか。奥女中たちでは埒《らち》があかぬ。猫によっては紅葉山《もみじやま》から吹上御庭《ふきあげおにわ》の奥まで、遠出している猫もいると聞いている。猫たちのさかりの折りには、つねに繰り返されること、広敷でよき策を講じてくれてもいいような気がするが、知恵者がおらぬのかな、広敷には』と厭味《いやみ》をいわれたそうだ」

浮かぬ顔で戸田が言った。

様子からみて、戸田も上役である御留守居役から、さんざん搾られたのだろう。

「かねてから戸田様に申し上げてきました、お猫番《ねこばん》なる役職を設けて、大奥の猫にかかわることをすべて処置させる、という案。この際、実行に移したらどうでしょうか」

岡林のことばに、戸田が渋面をつくった。

「公にお猫番という新たな役職を設けるとなると、手続きやら上役方への根回しやらで時がかかる。家斉《いえなり》公が十一代将軍職を継がれてから、大奥の掛かりは右肩上がりに増えて、いまでは年二十万両、幕府財政の四分の一にも及んでいる。財政逼迫《ひっぱく》の折、役高《やくだか》を捻出する財源はない、と理由をつけられ、却下されるに決まっている」

顔を寄せて、岡林が食い下がった。

「広敷のなかだけの、役高もつかない職務、という形で処理できないでしょうか。このままでは、大奥からの猫にかかわる揉め事の苦情で、これからもずっと悩まされるでしょう。思い切って、若年寄《わかどしより》と話し合われたらどうでしょうか」

うむ、とうなずいて、戸田が首を捻った。

しばし、黙り込む。

覗き込むようにして、岡林は戸田の返事を待っている。

再び、うむ、と顎を引いて、岡林が口を開いた。

「お猫番なる、内々の役職を広敷内につくることを御留守居に上申してみよう。御留守居が了承され、御老中《ごろうじゅう》を説得してくだされば、できぬ話ではない」

「年来の厄介ごとから解放されて、御留守居も喜ばれるはず。お猫番を設けることが許されれば、大奥との揉め事の種が、ひとつなくなります」

そのことばに、戸田が大きくうなずいた。

二

戸田と岡林が話し合っていたころ……。

吹上御庭の一画では、広敷伊賀衆伊賀三之組副頭・服部勇蔵《はっとりゆうぞう》が、広敷仕丁と呼ばれる下男たちとともに、千代田城内にある庭園に生息する害獣を始末するため放し飼いにされている、ほぼ五百匹の雄猫たちの働きの結果をあらためていた。

奥二重の目に、優しげな光が宿っている勇蔵は、目鼻立ちのはっきりした、整った顔だちの、みるからに爽やかな、二十代後半の青年だった。中背で、どちらかといえば細身に見えるが、鍛え抜かれた、引き締まった体軀の持ち主であることは、衣越しにもみてとれた。

公然の秘密だが、勇蔵は江戸幕府開府のころ、伊賀忍者の総帥として君臨した服部半蔵《はんぞう》の末裔である。反逆の疑いをかけられ、表向き病死の扱いで処断された半蔵だったが、時の幕閣重臣たちの計《はから》いで、減石されたものの、服部の家系はつながった。そのため勇蔵は伊賀組の仲間から御曹司《おんぞうし》と呼ばれている。

雄猫に喉などを食いちぎられた、土竜や鼠などの骸《むくろ》や糞が、あちこちに転がっている。勇蔵たちは、そんな害獣たちの骸や糞などを始末していた。

そんな害獣たちのなかに、蛇に躰《からだ》をぐるぐる巻きにされ、絞められながらも噛みついたまま、相打ちで死んでいる雄猫の姿があった。

勇蔵は用意してきた鍬で人目のつかぬ場所に穴を掘り、猫と蛇の骸を、その穴に入れてやった。

土をかけてやり、葬り終えた勇蔵は立ち上がって、周囲を見渡す。

勇蔵は仕丁たちに目を走らせ、告げた。

「上様や御台所様、お偉方が花などを愛でにいらしたときに、猫の糞や土竜などの骸が転がっていたら、お叱りを受ける。猫たちに餌をやる刻限が迫っているので、おれは餌場へ向かう。塵一つないくらいに掃除しておいてくれ」

仕丁頭に目を向けて、勇蔵がことばを重ねた。

「後を頼む」

「承知しました」

仕丁頭が、浅く腰をかがめた。

餌場は、吹上御庭や紅葉山など城内に二十五カ所あった。

吹上御庭のはずれ、林の切れたあたりに、横長の、蓋のない木箱が十個、木の根元に沿ってならべられていた。

木箱のひとつのそばに立った勇蔵は、背負っていた布袋をおろし、入れてあった作り置きの餌を、餌箱に注ぎ入れる。

木箱に、まんべんなく餌を注いだ勇蔵は、袋を負《お》いなおし、あたりを見回した。

猫の姿はない。

勇蔵は、ゆっくりと指を口に入れた。

強く息を吹く。

笛の音を思わせる、高い音が響き渡った。

指笛を、数度吹き鳴らす。

勇蔵の目は鋭く四方に注がれていた。

と……。

勇蔵の面に笑みが広がった。

勇蔵の視線の先に、餌箱めがけて、八方から駆け寄る多数の猫の姿があった。

腹が空いているのか、餌を催促する鳴き声が重なり、耳に刺さるほどのうるささだった。

鳴き声が止んだ。

猫たちが、餌箱に顔を突っ込んで、餌を食べ始めていた。

そんな猫たちを、笑みをたたえて勇蔵が見詰めている。

三

戸田から上申された、役高のつかないお猫番という役職を、新たに設けるという提案に賛同した御留守居役・立花則道《たちばなのりみち》は、老中たちと話し合い、その日のうちに許しを得た。

戸田の提案から五日たらずで、お猫番を設けることが決まったことから推し量って、幕閣の重臣たちも、大奥で飼っている猫の扱いに、手を焼いていることがうかがえた。

老中たちの行動は迅速を極め、立花に戸田との話し合いと、お猫番の人選を一任した。

立花は、老中の認許を得た日の夕方に、戸田を自分の屋敷に呼びつけた。

接客の間に迎え入れた戸田と向かい合って座るなり、立花が告げた。

「お猫番を設けること、老中方の許しを得た。明日にでも、お猫番の人選を始めたい。心当たりはあるか」

「私には、ありませぬ。ただし」

にべもない戸田の返答に、渋面をつくって立花が訊いた。

「ただし、何だ」

「城内で飼われている雄猫たちの世話をしているのは、広敷伊賀衆配下の伊賀者たち。組頭の館野才市《たてのさいいち》なら、猫の扱いに慣れた組下に心当たりがあるはず。明日にでも、館野に訊けば、お猫番にふさわしい者の名が出てくるのではないかと」

首を傾げて、立花が応じた。

「戦国のころの、技を鍛え抜いていた伊賀の忍びなら、猫を手なずけるなど、いとも容易いことであろうが、太平の世になって、忍びの技の修行もまともにやっていない伊賀組の連中に、猫を巧みに飼い慣らすことができるかどうか。わしには、伊賀組の組下にお猫番の役務を、十分に果たせる者がいるとは、とても思えぬが」

「伊賀組の組下にも、先人の技を身につけようと修行にはげんでいる者はいる、と館野から聞いております。お猫番の人選の件、明日、館野と話し合ってみます。お猫番にふさわしい者が見つかれば、直ちに報告にまいります」

「そうしてくれ。さかりの時期も終わる。なかなか帰ってこない飼い猫たちのことで、大奥の年寄たちから呼びつけられ、ねちねちと苦情を言われるのは、もう厭だ。一日も早くお猫番を決め、大奥の年寄、上臈《じょうろう》、御中臈からの、猫がらみの苦情の処理をお猫番に集中させたい」

「委細承知しております。一日も早く、お猫番を決め、報告に参ります」

「吉報を待っている」

「それでは、これにて」

戸田が深々と頭を下げた。

四

翌日、戸田は、広敷伊賀衆組頭・館野才市を広敷用人用部屋に呼び寄せた。

上座にある戸田の脇には、岡林が控えている。向かい合って、館野が座していた。

戸田は、広敷用人配下として、役高はつかないが、お猫番なる役職を設けることについて、若年寄を通じて老中から認許を得たことを告げた後、館野に問いかけた。

「常日頃、城内の雄猫たちの世話をしている伊賀組配下のなかに、お猫番にふさわしい者がいるかどうか、訊きたいのだ」

間髪を入れず、館野が応じた。

「おります。指笛を吹いて、雄猫たちを集めることができる者。あくまでも噂ですが、その者の同役たちは、仕草や鳴き声で、その時々の猫の気持や、何を話しているのかわかるのではないか、と言っております」

「猫の気持や話していることまでわかるというのか。にわかには信じがたい話よのう」

訝《いぶか》しげな視線を向けた戸田に、岡林が応じた。

「そうとも言い切れません。同役たちの噂話には、存外、真実が語られていることが多いもの。経験上、私はそう判じています」

にわかに信じがたい表情を浮かべた戸田が、館野に顔を向けた。

「指笛で猫を呼び寄せることができる組下の者、名は何と申す」

「伊賀衆伊賀三之組副頭で服部勇蔵と申します」

「服部、勇蔵と申すか」

身を乗り出すようにして、館野が言った。

「広敷伊賀衆組頭・館野才市。服部勇蔵をお猫番として推挙いたします」

深々と頭を下げた館野に、戸田と岡林が意味ありげに顔を見合わせた。

戸田の目が、それでよいか、と問いかけている。

無言で、岡林が強く顎を引く。

岡林の仕草の意味を察したのか、戸田がうなずき返して、館野に視線を移した。

「わかった。館野の推挙ということなら、是非もない。服部勇蔵をお猫番に任命しよう。さかりの時期は終わる。もどってこない飼い猫たちを探してくれ。動きが遅い、と御年寄や御中臈たちから苦情が相次ぐだろう。事は急ぐ。本日、日の沈む前に服部勇蔵と顔合わせできるよう、手配してくれ」

「承知仕りました。すぐさま手配りいたします。これにて下がらせていただきます」

会釈して、館野が立ち上がった。


その日の夕刻、広敷用人用部屋で戸田、その斜め脇に岡林が座り、下座に館野、斜め後ろに勇蔵が控えていた。

館野が戸田と岡林に勇蔵を引き合わせたあと、告げた。

「お猫番を引き受けるにあたって、服部から、願いの筋がひとつある、との申し入れがありました。役目を果たすのに万全を期したいので、是非にもお聞き届け願いたい、と申しております」

戸田が岡林に視線を走らせる。

微《かす》かに、岡林が顎を引いた。

うむ、とうなずいて、戸田が勇蔵に目を移す。

「服部、願いの筋を申してみよ」

一膝乗り出して、勇蔵が告げた。

「大奥内に、大奥の動きを探ってくれる密偵を送り込ませたいのです。猫は飼い主の置かれた状況によって、仕草や鳴き声、動き方が違ってきます。猫の仕草や鳴き方が何を意味するのか、現在、飼い主がどんな立場に置かれているのか、追いつめられているのか、はたまた、すべてが順風満帆に運んでいるのか、その時々の状況に応じて流れる噂を、知らせてくれる者がいないと、お猫番の役目を果たすことはできません」

勇蔵を見据えて、戸田が訊く。

「望みが聞き入れられぬときは、お猫番の拝命を辞退する。そういうことだな」

「そうです。猫の仕草、鳴き方から、その猫が置かれている状況を推察することができても、その猫がなぜ、そんな状況に追い込まれたのか、猫の飼われている環境がどんな有様か、わからなければ、どう対処したらいいのか、的確な判断はできません。役目は果たせぬとわかっている以上、辞退するしか道はありませぬ」

きっぱりと言い放った勇蔵に、戸田と岡林が顔を見合わせる。

しばしの沈黙があった。

戸田が、空に目を泳がせる。

それも一瞬のこと……。

視線を勇蔵に据えて、戸田が口を開いた。

「その望み、聞き届けよう。御切手書《おきってがき》として送り込む。御切手書は、長局と外部の出入り口である七ツ口《ななつぐち》を管理・監視する役目。大奥に出入りする奥女中の縁者や女の御用達商人に、大奥に通じる切手御門に設けられた、切手番所が発行した通行を許す旨を記した切手をあらためたり、案内したりするのが仕事だ。所用と理由をつければ、大奥内のどこへでも出入りできる。それでよいか」

「さっそくのお聞き届け、痛み入ります。不肖服部勇蔵、お猫番を引き受けさせていただきます」

勇蔵が頭を下げた。

館野を見やって、戸田が告げた。

「大奥に送り込む密偵の人選は、館野に任せる。できれば明日の昼までに誰にするか、報告してくれ。その報告を聞き次第、わしは大奥に出向き、密偵を送り込む段取りをする。明後日には、密偵を御年寄や御中臈たちに引き合わせ、寝泊まりする部屋の用意をしなければならぬ」

「明日昼前までに、必ず密偵として送り込む者を連れてまいります」

姿勢を正して、館野が応じた。

五

大奥に送り込む密偵は、広敷伊賀衆配下の家族のなかから選びだされ、伊賀三之組・佐々辰平《さ さ たっぺい》の娘お夏《なつ》に決まった。

お猫番を引き受けてから三日後、勇蔵は、戸田や岡林にしたがって大奥へ向かうお夏を、館野、佐々とともに見送った。

館野と別れた後、雄猫の様子を見に行く勇蔵に、佐々が話しかけてきた。

「伊賀忍者の名門・服部家の御曹司がお猫番とは、実に嘆かわしい。しかも役高もついていない軽い扱い、屈辱以外の何ものでもありませぬ。引き受けられたには、それなりの理由があるはず。真意のほどをお聞かせくださいませ」

「何度も言ったはずだ。猫が好きだから引き受けた。それだけのことだ」

「私の娘お夏は、密偵として大奥へ送り込まれました。密偵として、大奥の秘密ごとを探り、外部に通報しつづけた事が表沙汰になれば、厳しい処断が下されるはず。命がけで大奥へ向かったお夏のことを考えたとき、御曹司が、ただ猫が好きという、戯れ言としか思えぬ理由で引き受けたお役目のために、娘の命が危険にさらされるということに、親として納得がいきませぬ。娘の、お夏の命は、軽いものではありませぬ」

足を止め、佐々が声を震わせた。

立ち止まって、勇蔵がじっと佐々を見詰めた。

次の瞬間……。

困惑を露わに顔をしかめて、勇蔵が顔をそむけた。

「困った。おれは、突きつめた話は苦手なのだ。何とかなるさ、と気楽な様子をつくろって、生きていきたいのだ。むずかしい話は、なしにしてくれ」

突然、佐々が土下座をした。

呆気にとられた勇蔵が、驚いて瞠目する。

「真意を、お猫番を引き受けられた真意を、お訊きしたい。お願いいたします」

佐々が、深々と頭を下げ、地面に額を擦り付けた。

「佐々。困った、ほんとに困った。止めてくれ。頼む。止めてくれ」

片膝をついた勇蔵が、佐々の手を握り、地面から引き離すようにして躰を起こした。

顔を上げた佐々が、大きく目を見開いて、勇蔵を見据えた。

「お夏は覚悟を決めて大奥へ上がりました。御曹司、お猫番を引き受けられた真意を、真意を」

その目に必死なものがあった。

今度は、勇蔵は目を背けなかった。

じっと見詰め返した。

佐々の気持にまっすぐにこたえようとする、真摯《しんし》な眼差しだった。

「お夏の命がけの決意には、真心でこたえねばならぬ。おれがお猫番を引き受けた理由は、伊賀の忍法の凄さを世に知らしめるためだ。平穏な世がつづいている。いまどき厳しい修行を積んでいる伊賀の忍びなど存在せぬ、と頭から決めてかかっている幕閣の重臣たちに、伊賀忍法、いまだ健在なり、ということを思い知らせたいのだ」

「それでは御曹司は、伊賀の忍びの面目をかけて、お猫番を引き受けられた、と言われるのか」

訊いてきた佐々をじっと見詰めて、勇蔵が告げた。

「戦国の世の伊賀忍者は鳥のさえずり、吹き渡る風の音と流れ来る臭いで敵の気配を察知したと聞いている。おれは猫のことばはわからぬが、仕草や表情でどんな気持、どんな状況にあるかは察知できる。厳しい忍びの技の修行に耐えてきた結果、身についたことだ」

「御曹司」

佐々を見詰めたまま、勇蔵が話しつづけた。

「おれは、伊賀の忍びとして、修行し錬磨しつづけてきた技と術を、思う存分使いこなすことができる場を求めていた。大奥を舞台に、年寄、老中、若年寄に商人らが権勢や金を求め、欲にかられて策謀を巡らしている。お猫番を引き受けたら、それらの謀略を暴き出し、密かに処断することができる」

唇を、強く真一文字に結んで聞き入っていた佐々が、一語一語噛みしめるようにことばを発した。

「御曹司の覚悟のほど、よくわかりました。お夏ともども、不肖、佐々辰平の命、伊賀の忍びの面目と誇りを守り抜くため、使い捨ててくだされ」

「使い捨てにはせぬ。伊賀忍法の凄さと見事さを世に知らしめるため、ともに戦おうぞ」

「御曹司」

佐々が勇蔵の手を握りしめる。

その手を、勇蔵が強く握り返した。


二日後の昼過ぎに、勇蔵は、長局の一画、天守台を望む廊下前の庭に片膝突いて控えていた。

廊下には、御年寄や御中臈ら数十人が横並びに座っている。

廊下の前に戸田、その脇に岡林が控えていた。

戸田が、大奥で飼われている猫たちの諸々の問題の相談にのる〈お猫番〉という役職を設けたこと、七ツ口を管理する御切手書を通じて、広敷役人詰所に、お猫番に用がある旨を申し出れば、連絡をとることができることなどを話した後、勇蔵を振り向いて、年寄たちに告げた。

「天守台を背にして控えるのが、お猫番に任じられた服部勇蔵と申す者。お見知りおきくださりませ。以後、猫に関する相談事はすべて服部が受け付け、一件が落着するまで動きつづけます。服部、ご挨拶を」

顔を上げ、年寄たちに目を向けて、勇蔵が告げた。

「お猫番を拝命した服部勇蔵でございます。粉骨砕身、勤め上げます。なにとぞよろしくお引き回しくだされたく、お願い申し上げます」

深々と勇蔵が頭を下げた。

品定めをするような、冷ややかな目つきで、御年寄ら奥女中たちが身じろぎもせず、勇蔵を見詰めている。


その日の夕方、さっそく御年寄の若槻から勇蔵に呼び出しがかかった。

長局の、あてがわれた部屋近くの廊下に座った若槻が、中庭に片膝を突いて控える勇蔵に話しかける。

「ほかの方々の飼い猫のほとんどが、さかりを過ぎ、もどってきているのに、わらわの玉はもどってきていない。探しておくれ」

「数日ほど、時をいただけますか。見つけ出してみせます。玉の姿形や特徴があれば、お教えくださいませ」

「玉は、三毛《みけ》じゃ。目は大きく、鼻は桃色。髭《ひげ》は長めじゃ。耳はさほど大きくない。顔と釣り合いのとれた大きさじゃ」

「わかりました」

こたえた勇蔵には、心当たりがあった。最近、いつも遅れて吹上御庭の長局寄りの餌場にやってくる、つがいの猫の片割れが、若槻が話してくれた玉の姿かたちに似ていた。

勇蔵がことばを重ねた。

「お願いしたいことがあります」

訝しげな表情を浮かべて、若槻が問いかける。

「お願いとは、何じゃ」

「玉らしき猫を見つけたら、御付きの女中のどなたかに、姿かたちをあらためるため、私と一緒に動いていただきたいのですが」

「服部は玉を知らぬ。玉をよく見知った者にあらためさせるのは、至極当然のこと。その申し入れ、聞き入れよう」

「さっそくのお聞き届け、痛み入ります。これより、直ちに玉の探索に仕掛かります」

一礼して、勇蔵が身軽に立ち上がった。

第二章　束の間の仲

一

吹上御庭の、長局近くの餌場の傍らに勇蔵はいた。

玉と思われる猫が、つがいで現れる餌場の周囲を、あらためて見回す。

いつもやってくる方角が、どこだったか、記憶の糸をたどっていた。

相方の雄猫は、黒と白のぶちだった。三毛の、玉のような猫とつれだってやってきたのは六日前のことだった。

躰を寄せ合うようにして餌場にやってきて、餌も、隣り合って食べていた。

餌を食べた後、近くの立木の根元で、鼻を寄せ合ったり躰を密着させてこすり合ったりしている。

玉らしい猫がお腹を出して、地面に背中をつけ、左へ右へと躰をくねらせている。お腹を見せているということは、そばにいる相手に対して、完全に気を許している証だった。

そばに座ったぶちの猫は、そんな三毛猫を見詰めている。前肢を折り込んで蹲《うずくま》った、香箱座《こうばこすわ》りをしていた。香箱座りは、猫が心身の緊張をゆるめて、くつろいでいるときにやる座り方だった。三毛猫にたいするぶち猫の気持が、その姿に表れている。

(仲のよい夫婦みたいだ)

胸中でつぶやき、勇蔵はおもわず笑みを浮かべていた。

そのときのことは、鮮烈に憶えている。

が、三毛猫と、白と黒のぶち猫のそれ以外のことは、脈絡なく思い浮かぶだけで、肝心の、どの方角から餌場にやってきたのか、どうにも思いだせなかった。

(やってきた方角へ足を伸ばし、歩きまわったら、つがいの居場所を突き止められるかもしれない。そう考えていたが、仕方がない。餌場に姿を表したときに、気づかれぬようにつけていくしか手はない)

そう腹をくくった勇蔵は、餌やりをするために餌場をめぐる順番を変え、吹上御庭の長局近くの餌場を、最後にまわる場所と決めた。

つがいの猫の住処《すみか》を突き止める手立ては、玉らしい猫の跡をつけるしかなかった。住処を突き止めるまでは、尾行しつづけなければならない。際限なく時間を使うことになるだろう。そう考えた上での結論だった。

再び周囲を見渡した勇蔵は、作り置きした餌をとりに、広敷伊賀衆詰所へ向かって歩き出した。


ほかの餌場を回り終えた勇蔵が、長局近くの餌場へやってくると、けたたましい猫の鳴き声が聞こえた。餌場近くで、すでに数十匹の猫が待っていた。なかに、尻尾をピンと立てて、勇蔵をじっと見詰めている黒猫がいる。

猫が尻尾を立てているときは、信頼や甘えが入り混じった、親愛の情を示しているときだった。

いつも餌場にきて、餌箱に餌を入れてくれる勇蔵のことはよく憶えているよ、と黒猫は仕草で示しているのだ。

ほかの猫は、勇蔵に近寄ってきてまとわりつき、躰をすり寄せては離れ、すぐにすり寄ってきて、同じ仕草を何度も繰り返した。

猫たちは、勇蔵にたいして、精一杯の親愛の情を示していた。

そんな猫たちに、勇蔵は笑みをたたえて、声をかけてやる。

「群がったら、歩きにくい。餌をもらうのが遅くなるぞ。行かせてくれ。蹴飛ばすかもしれんぞ」

ことばとは裏腹に、勇蔵は、猫たちのやるがままにまかせながら、猫たちを踏まないように注意深く歩を運んでいく。

黒猫だけは尻尾を立てたままで、近づいてこなかった。待ちくたびれた。早く餌をくれ、といわんばかりに餌箱のそばに行って、勇蔵に目を注いでいる。

黒猫が、待っていた猫たちの頭格であることを、勇蔵は察知していた。黒猫は、自分が真っ先に勇蔵に躰をこすりつけて甘えたら、ほかの猫たちが、勇蔵に甘えにくくなる、と思って、自分は尻尾を立てているだけで勇蔵に近づいてこないのだった。猫が好きで、幼い頃から猫の様子を見つづけてきた勇蔵だから、わかり得ることであった。

ぶちの猫と三毛猫の姿はなかった。

周囲に視線を移しながら、餌箱に歩み寄った勇蔵は、背負っていた布袋に入れてある餌を、餌箱に注ぎ入れた。

黒猫や待っていた猫たちが、よほど腹がすいていたのか、餌箱に顔を突っ込んで食べ始める。

布袋を負った勇蔵は、口に指を入れ、指笛を鳴らした。

一度鳴らしても、つがいの猫は姿を現さなかった。

二度、三度と指笛を鳴らしながら、まわりを見渡す。

玉と思われる猫とぶちの猫が、どこからくるか見落とさないように、目を懲らしながら視線を走らせた。

四度目の指笛を鳴らしたとき、つがいの猫が現れた。

つつじが群生している一画の、餌場寄りの一端から出てくるのを、勇蔵は、しかと見届けていた。

玉らしき猫とぶち猫が寄り添うようにして、餌箱に顔を突っ込んで，餌を食べている。

つがいの猫に、目を据えたまま、勇蔵は足音を消して移動した。

つつじの林近くに、勇蔵は身を潜めた。

玉たちが餌を食べ終えて、住処へもどるのを待っている。

餌を食べ終え、しばし餌場の近くで休んでいた玉たちが、肩をならべてすすんでいく。

つけてくる者の気配に気づいたら、玉たちは住処にはもどらない。猫は、非常に警戒心の強い生き物であった。

足音を消し、気配を消し、細心の注意をはらって、勇蔵はつけつづけた。

何が何でも、住処を突き止めなければならない。

玉たちの居場所を特定できなければ、若槻のお付きの女中を連れてきて、玉の姿をあらためさせることはできないのだ。

玉たちをじっと見つめながら、勇蔵は慎重に歩を移していった。

二

玉たちの住処は、つつじの林の真ん中あたり、木々が密集しているあたりにあった。

横たわった玉の背中に前肢をかけ、躰をくっつけてぶち猫も寝ている。

玉たちを見張ることができる、低木の根元に勇蔵は身を伏せ、目を注ぐ。

夜空に満月が煌《きら》めいていた。

時折、二匹は起き出して、近くを歩きまわり、もといた場所にもどって横たわり、眠りにつく。

歩きまわる道筋は違うが、玉たちは、三度ほど同じ動きを繰り返した。

そのたびに、勇蔵は玉たちをつけまわした。

勇蔵は、夜っぴて玉たちを見張りつづけた。

結果、玉たちが、何度出かけても、その場所にもどってくることを見届けた。

空が白々と明け初めるころ、勇蔵は、いま玉たちがいる場所が、住処だと推断した。

(今日の朝のうちに、若槻様を訪ね、玉かどうかあらためてもらう、お付きの女中を決めてもらおう。決まったら、そのお女中を連れて、ここに潜んで、検分してもらう。玉たちがいなければ、もどってくるまで、ここで待つ。それしか手立てはない)

そう腹をくくった勇蔵は、気配を消し、四つん這いになって、その場から後退《あとじさ》り、遠のいた。

玉たちから遠ざかりながら、勇蔵は、

（伊賀忍法につたわる遁法《とんぽう》の術。秘伝書に記してあったことに、こんな呼吸法、躰の動きを身につけたところで、ほんとうに気配や物音、足音を消せるのか、と疑いながらも、稽古を積み重ねてきた。やってみたら、役に立った）

半ば驚きを覚えながら、胸中でつぶやいていた。

勇蔵は、一睡もしていなかった。

が、眠気はなかった。やっと巡り合った、伊賀忍法をいまの世に役立てることができる仕事が始まったことに、心中で武者震いをしていた。

朝の餌やりを終えた後、勇蔵は若槻を訪ねた。

若槻が選んでくれたのは、よく玉の遊び相手になっているという、お近《ちか》という名の奥女中だった。年の頃は十七、八。色白、狐目で細面、痩せている。が、きびきびとした動きで、身軽そうにみえた。

張り込む場所へ向かう道すがら、勇蔵が告げた。

「玉だと見極めてくれるだけでいい。ことばに出すと玉たちに気づかれるおそれがある。玉だったら、おれの袖を軽く引っ張ってくれ。それと、目で地面を指し示したときは、動くな、という意味の所作だ」

「わかりました」

緊張した面持ちで、お近がこたえた。


昨夜、身を潜めたつつじの木の下に着いたが、玉たちの姿はなかった。

「出かけている。待つしかない」

小声で言った勇蔵に、黙ってお近がうなずいた。


半時（一時間）ほどして、玉とぶち猫がもどってきた。

その姿を見て、お近が勇蔵の袖を引っ張った。

勇蔵が目を向けると、お近が黙ってうなずいた。

うなずき返した勇蔵が、指をたてて唇に当て、目で地面を指し示した。

所作の意味を察して、お近は無言で顎を引いた。


小半時（三十分）ほどして、玉たちは、どこかへ出かけていった。

遠ざかるのを見届けて、勇蔵が声をかけた。

「引き上げよう」

四つん這いになって、勇蔵が後退る。

お近が、勇蔵にならった。

三

吹上御庭で、雄猫たちが始末した土竜などの骸の片づけ、掃除を終えた勇蔵が広敷伊賀衆詰所へもどると、若槻から呼び出しがかかっていた。

お猫番を拝命したときから、勇蔵は大奥へ出入りすることを許されている。ただし、長局の廊下に面した庭までで、なかへは入れなかった。

勇蔵から大奥の女中たちに連絡をとるときは、七ツ口に行き、御切手書に連絡をとりたい相手に取り次いでもらう、と決められていた。

七ツ口に行った勇蔵が扉越しに声をかけると、出てきた御切手書はお夏だった。お夏は密偵として大奥に入り込んでいる。どこに人の目があるか分からない。勇蔵も、お夏もそのことは、わきまえていた。

ふたりは極めて事務的に対応した。

「お猫番の服部勇蔵です。御年寄の若槻様から呼び出されたのできました。取り次いでもらいたい」

と勇蔵が言い、

「訊いてまいります。暫時お待ちくださいさい」

とこたえて、お夏が奥へ向かった。

ほどなくして、お夏がもどってきて、

「先日会った、長局の廊下前の庭へ来てもらいたい、と若槻様が仰有《おっしゃ》いました」

と勇蔵に告げた。


長局の廊下に若槻が立っている。傍らにお近が座っていた。

勇蔵は庭先に控えている。

若槻はすでにお近から報告を受けていた。

単刀直入に勇蔵に訊いてくる。

「いつ玉の居場所に案内してくれるのじゃ」

「明日の昼四つに、吹上御庭の長局寄りにある餌場近くで落ち合いましょう。餌場の場所は、お近殿が知っております」

お近に目を向けて、勇蔵がことばを重ねた。

「お近殿、若槻様をお連れしてくれ」

「わかりました」

主人がそばにいるせいか、固い声でお近が応じた。


その日の夜、勇蔵は再び、玉たちの住処近くに潜んだ。

猫は気まぐれな動物である。なついていた猫が突然いなくなる、といった話も、時々耳にしていた。

昔から猫は、人になつくのではなく〈家につく〉といわれる。猫は、巣を荒らされると別の場所に移る、という習性がある。縄張りにしている生活の場に変化があったときに、猫は、縄張りを荒らされたと感じるのだ。とくに雄猫は、その傾向が強かった。

昨夜は、勇蔵が一晩中玉たちの近くに潜んでいた。今日は、お近とふたりで、玉たちの様子を窺っている。

玉たちに気づかれないように、細心の注意をはらったつもりだが、相手は勘の鋭い猫である。

玉と一緒にいる猫は、雄だった。

万が一、ということも考えられた。

若槻を住処近くへ案内したものの、肝心の玉たちの姿がない、ということになったら、初《しょ》っぱなの仕事からしくじったことになる。

役立たずのお猫番、と烙印を押されたら、後々、大奥の御年寄、御中臈たちから相手にされなくなるおそれがあった。

再度、勇蔵が玉たちの住処を張り込んだのは、念には念を入れるための動きであった。

勇蔵は払暁《ふつぎょう》のころまで、先夜とは違う場所に身を潜めて、張り込んだ。

玉たちに変わりはなかった。

いままでと同じ場所で、玉たちは仲良く過ごしていた。

（気づかれていない）

そう確信した勇蔵は、朝の餌やりまでの間に、少しでも仮眠をとるべく、四つん這いになって後退り、慎重をきわめた亀の動きで、玉たちの住処から遠ざかっていった。

四

翌日昼四つ（午前十時）に、勇蔵は若槻、お近と吹上御庭の餌場近くで落ち合った。

歩み寄って、勇蔵が告げた。

「猫は警戒心が強い生き物。近づいていく人数は少ない方が、逃げられる確率が低くなります。若槻様おひとりで、きていただきます」

「わかった。服部の指図にしたがおう」

振り向いて、ことばを継いだ。

「お近、ここで待っていておくれ」

「承知しました」

応じたお近から勇蔵に視線を移して、さらにつづけた。

「服部、玉のいるところへ案内しておくれ」

「参りましょう」

こたえて、勇蔵が足を踏み出した。

今朝方、後退りして引き揚げてきたときに、玉たちを臨むことができる場所の目星はつけておいた。

若槻は年の頃は四十半ば。中肉中背の、目鼻立ちのはっきりした、ととのった顔の持ち主だった。

色気はない。どちらかといえば女というより、美少年がそのまま年をとったような顔をしていた。

大身旗本《たいしんはたもと》の娘で、十七のときに行儀見習いとして大奥へ上がった、と広敷の書庫に保存してある大奥女中鑑《おおおくじょちゅうかがみ》に記されている。

勇蔵は、若槻から声がかかったとき、広敷書庫に出向き、若槻の経歴を調べ上げていた。

玉たちからはかなり離れているが、地面に座って遠眼鏡で見れば、玉たちの様子は手に取るように窺えるところで、勇蔵は足を止めた。

立ち止まり周囲を見渡して、若槻が小声で訊いてきた。

「どこにいるのじゃ、玉は」

「近づくと気配を察して、いずこかへ逃げ去るおそれがあるので、ここから遠眼鏡を使います。どこにいるか、私がまず、遠眼鏡でたしかめて、居場所に焦点をあて、若槻様にお渡しします」

勇蔵はあらかじめ用意してきた、懐に入れておいた遠眼鏡を取り出し、目に当てた。

筒を前後に動かして、焦点を合わせる。

遠眼鏡の視界の先に、玉たちの姿があった。

玉は、腹を出して横たわっている。その傍らで、黒と白のぶちの猫が、香箱座りをして、玉を見つめていた。

遠眼鏡の焦点を合わせ直して、勇蔵が声をかけた。

「私のいる場所へ移動して、遠眼鏡を目に当ててください」

勇蔵が、いまいる場所から膝行《しっこう》して離れた。

無言でうなずいた若槻が、身を移す。

見届けた勇蔵が、遠眼鏡を差し出しながら、小声で告げた。

「遠眼鏡を目に当て、私が見ていたほうを見詰めてください。玉が見えなければ、遠眼鏡を見つかるところまで動かしてください」

　黙然とうなずき、遠眼鏡を受け取った若槻が目に当てるや、

「おう。玉じゃ。玉のそばにぶちの猫がいる。玉は身を寄せ、尻尾をゆっくり振って、身をくねらせている。楽しいときにやる仕草じゃ。玉は何をしているのじゃ」

　気分が高ぶったのか、低く抑えながらも声を裏返らせて、若槻が訊いてくる。

「めったにないことですが、相性の合った雄猫と牝猫は、さかりの期間中、ずっと一緒にすごします。なかには離れがたくなって、さかりの時期を過ぎても、ともに居つづけることもあります。さながら、束の間の夫婦の暮らしを、つづけているかのように見えます」

　勇蔵のことばに、

「束の間の夫婦の暮らしと申すか」

　しみじみとした口調で、若槻が応じた。

　勇蔵が問いかける。

「連れもどすのはたやすいこと。いますぐ玉を捕らえましょうか」

「そうよな」

こたえて、若槻が黙り込んだ。

沈黙が、その場を支配した。

黙したまま、勇蔵は若槻がことばを発するのを待っている。

ややあって、若槻が口を開いた。

「玉は、いずれもどってくるのか」

「長くても、あと数日のうちには」

「あと数日か」

独り言のように、若槻がつぶやいた。

しばし黙り込む。

若槻は、遠眼鏡を目に当てたまま、身じろぎもしない。

玉に見入っている。

見詰めたまま、独《ひと》り言《ご》ちた。

「あと数日か、玉の、夫婦の暮らしも」

「心ある生き物のこと、確たる日数はこたえられませんが」

勇蔵のことばに、若槻が応じた。

「心ある生き物と申すか。玉は猫。猫を畜生と蔑む者は多いが、心ある者と評す

ると は、並外れた猫好きとしかおもえぬ。そうか。玉は、心ある生き物か」

わずかの間があった。

「玉が、うらやましい」

聞き取れるかどうかわからぬほどの、微かな声だった。

が、伊賀の忍びとして、わずかな物音も聞き取ることができるように修行を積んできた勇蔵の耳は、その声をしかと捕らえていた。

勇蔵は気づかぬ風を装った。

若槻が発したことばの意味を、勇蔵はよく理解していた。

上臈御年寄、御年寄、御中臈から御錠口《おじょうぐち》などの地位にある、将軍と御台所《みだいどころ》にお目通りできる御目見得《おめみえ》以上の奥女中は一生奉公、生涯、大奥を離れることが許されぬ身の上であった。

それゆえ、夫婦の暮らしなど〈夢のまた夢〉の境遇にある女たちだった。

「いかがいたしましょうか。玉を捕らえてまいりましょうか」

再度、勇蔵が問いかけた。

「玉の心にまかせよう」

そう言って、若槻が目から離した遠眼鏡を、勇蔵に差し出した。

勇蔵が遠眼鏡を受け取る。

「御苦労であった」

告げるや、若槻が踵《きびす》を返した。

うなずいて会釈した勇蔵のなかで、ひとつの思いが生まれていた。

(さかりが終われば、確実に子が産まれる。産まれた子猫が牝だったら大奥で飼われる。雄だったら、鼠や蛇などの害獣駆除に用いるために、城内に捨てられる。いずれにしても玉は、雄を産んだら、子とは引き離される運命にあるのだ)

一瞬よぎった思いを振り捨てて、勇蔵は数歩遅れて歩を踏み出した。

五

お夏とは、連絡を取るときは、長局の台所近くに立つ老木の根元に置かれた、枕ほどの大きさの庭石の下に、文を隠しておく、と決めてあった。

お夏からの知らせ文が置いてあるか否かをたしかめるために、勇蔵は一日に数度、庭石の下をあらためている。

若槻とともに、吹上御庭のつつじの林へ出かけてから三日目、庭石の下にお夏からの、一枚の紙を八つ折りした知らせ文が二通、置かれていた。

周囲に人の気配がないのをたしかめてから、勇蔵は、石の下から、さりげなく文をとりだした。

文を握りしめたまま袂に入れ、懐手のまま、その場を去る。

勇蔵は、広敷伊賀衆詰所にもどった。どこに人の目があるかわからない。よほど緊急の場合以外、お夏からの知らせ文は、読んでいるところを見られても、何の問題も起きない場所で読む、と決めていた。

勇蔵にとって、江戸城内でもっとも安全といえる場所は、広敷伊賀衆詰所だけであった。

お猫番にあてがわれた六畳間に入った勇蔵は、袂《たもと》から知らせ文を取り出し、開いた。

最初に開いた文には、

〈今朝方、玉がもどってきた由。若槻様お付きのお近さんから聞きました〉

と記してあった。

二枚目を開いた勇蔵の顔に緊張が走った。

〈御年寄竜川様《たつかわ》が、御中臈お登勢《とせ》様の飼い猫小鞠《こまり》をめぐって、お登勢様に何のかのと、しつこく文句をつけている、との噂。竜川様は、御老中や出入りの商人たちと結託して、大奥を牛耳ろうと画策しているなど、とかくの噂があるお方。知らせるべきことと思い、文にしました〉

と書いてある。

お夏が、とかくの噂があるお方、と名指しした竜川の噂は、勇蔵の耳にも入っていた。

御年寄・竜川は、老中、若年寄、出世欲に駆られた大名、大身旗本たちと気脈を通じて、大奥における権力を独り占めしようと画策していた。

目的のためには手段を選ばぬ強引なやり口で、邪魔になる者たちを何人も排除してきた奸物《かんぶつ》、との噂が密かに流布されている、と広敷番頭の数人から聞いたことがあった。

お登勢と竜川について記した文を、八つに折りながら勇蔵は、

（御年寄・竜川様が、飼い猫のことで、お登勢様にぶつくさ文句をつけている。噂で聞いた、竜川様のいままでのやり口からみて、裏に権勢欲がらみの企みがあるとしか思えぬ。密かに調べてみるか）

胸中でそうつぶやき、首を傾げた。

第三章　忠義の愛猫

一

お夏からの知らせ文を受け取った日の夜、勇蔵は、長局の、竜川が住まう部屋の床下に忍び込み、聞き耳をたてた。

勇蔵はお猫番を拝命した日から、いずれ探索のために長局の床下に忍び込み、調べることになる、と考え、時間があるときは、長局の見取図を取り出して眺め、どこに誰の部屋があるか、頭のなかに叩き込んでいた。

竜川の部屋には、客がきていた。

ふたりが交わすことばから、客は御中臈の牧江《まきえ》だとわかった。

話し合われているなかみから、竜川が、十一代将軍家斉公の新たな側室選びに、竜川が推す牧江とともに、側室選びの手立てのひとつ、御庭御目見得へのぞむ予定の、御年寄千島《ちしま》の推薦する御中臈お登勢を、御庭御目見得を辞退せざるを得ない立場に追い込もうと、画策していることが推察できた。

御庭御目見得とは、年寄が選び出した側室候補の御中臈たちに、大奥内の庭を歩かせ、庭の木の陰などに身を隠した上様が、それら御中臈の容姿などを見届けて、側室にするかどうか決めるためのしきたり事であった。

竜川は牧江に、自分の策が狙いどおりにすすんでいることを説明していた。時折相槌を打ちながら、牧江は口をはさむことなく聞き入っている。

床下で聞き耳を立てている勇蔵にも、話がすすむにつれ、次第に竜川がお登勢に仕掛けている謀略のなかみがわかってきた。

お登勢追い落としのきっかけをつかむべく、機会をうかがっていた竜川は、おもいもかけぬところで、お登勢に言いがかりをつける一事に出くわした。

大奥の廊下で行き交った、お登勢のお付きの女中が、きちんと頭を下げずに、曖昧な挨拶をして通り過ぎたのだ。

そのことに気づいた竜川は足を止め、周囲の者にはっきりとわかるように、不機嫌な顔をして振り返り、歩き去る女中を大仰に睨みつけてみせた。

通り過ぎる女中たちは、場の剣呑さに目をそらし、頭を下げて通り過ぎていった、という。

その時の様子を語るときの、竜川の得意げで、人を小馬鹿にしたような口調に、勇蔵は、おもわず顔をしかめた。

次の瞬間、勇蔵は、おのれを戒《いまし》めていた。

感情を露わにしたとき、人は無意識のうちに気を発してしまう。発した気は、自分の気配を相手に察知されるもとになる、と伊賀忍法の秘伝書に書いてあったことを思いだしたからだった。

いまは、床の下に忍び込んでいる。

上にいるふたりに武術の心得があるとは思えなかった。

(もしも武術の達人がひとりでもいたら、察知され、おれは命を奪われていたかもしれぬ)

背中に、じっとりと冷や汗が浮き出ていた。

書物の上での知識をもとに、術の修行をしているときには経験しなかったことであった。

勇蔵は、実戦と鍛錬の場には、大きな違いがあることを、思い知らされていた。

こころを引き締め直し、勇蔵はおのれの気配を消して、竜川たちの話に耳を傾けた。

竜川が、お登勢にあてがわれた部屋へ何度も押しかけ、すれ違ったときに挨拶をしなかった女中、お道《みち》の非礼を責め立てつづけていたときに、お登勢が飼っている小鞠がうなり声を上げ、威嚇《いかく》してきた。

勘に障った竜川が、

「猫を追い払え」

とお登勢に命じた。

捕らえようとするお道ら女中たちから逃げ回った小鞠は、突然、竜川に飛びかかり、手の甲に深々と爪を突き立てた。

小鞠が、竜川を傷つけたくだりを話し終えたとき、不意に竜川が意味ありげに含み笑いをした。

その含み笑う声には、陰湿で冷酷極まる、竜川の執念が籠もっているような気がして、勇蔵の心を凍えさせた。

笑い終えた後、竜川が牧江に告げた。

「飼い猫のしでかしたことが、登勢に御庭御目見得を辞退せざるを得ない事態に追い込もうとしているとは、神ならぬ身の登勢には予期できぬことであろうよ」

「ということは、いよいよ」

問いかける牧江の声が聞こえた。

「そうじゃ。いよいよ最後の仕上げにかかるときがきた。もうじきわらわの仕掛けた策は成就《じょうじゅ》する」

一息ついて、竜川が告げた。

「必ずわらわが、牧江を上様の側室にしてみせる。そのためには、どんな手立てもとる」

「何とぞ、よろしゅうお願い申し上げます」

牧江が深々と頭を下げる気配がした。

(猫は、おそらく飼い主をかばおうとしてやったのだろう。そのことに因縁をつけて、悪巧みを果たそうとする竜川の心根、許せぬ)

思わず激しそうになる思いを、勇蔵は必死に抑え込んだ。

床下に忍び込んで、盗み聞きしていることを、決して悟られてはいけない立場にある勇蔵であった。

（事態は急展開している様子。明日にもお道に接触し、事の次第を詳しく聞き出さねばなるまい）

胸中でそうつぶやいた勇蔵の頭の上で、牧江の立ち上がる気配がした。

勇蔵は、引き揚げる時期を見計らうべく、竜川たちの動きに気を集中した。

二

長局の床下から引き揚げてきた勇蔵は、いったん伊賀衆詰所へもどった。

お猫番にあてがわれた部屋に入り、お夏への知らせ文を書き始める。

〈竜川様がからんだ飼い猫がらみの件、お猫番の仕事と判断するに至った。急ぎお登勢様お付きの女中、お道に会う段取りをつけてもらいたい。昼前に、この文への返答の文、あらためにくる所存〉

文には、そう記した。

書き終えた勇蔵は、長局の台所近くに立つ老木へ向かった。

老木の根元に置かれた庭石の下に、知らせ文を置いた勇蔵は、仮眠をとるために伊賀衆詰所へ向かった。

翌日の昼、老木の前に勇蔵は立っていた。

ぐるりに視線を走らせ、人の気配がないことをたしかめた勇蔵は、老木に近寄り、庭石を探った。

知らせ文が隠されていた。

摑んだ知らせ文を握りしめたまま、周囲を見渡す。

本来なら伊賀衆詰所へもどるべきだが、一刻も早く知らせ文に目を通したかった。

大奥の台所の前には三つの池があった。後方には、池を半円状に取り囲むように林が広がっている。老木は台所から見て、右側にある池の近くの、林の端に立っていた。

勇蔵に躊躇《ちゅうちょ》はなかった。

林のなかへ入って行く。

雄猫たちの姿が、あちこちに見えた。

庭の様子をあらためる風を装って、勇蔵はしゃがみこむ。

握りしめた拳を開き、八つ折りにされた知らせ文を開いた。

文には、

〈お道さんとの連絡がつきました。この文を見たら、七ツ口に来て、声をかけてください〉

との文字が躍っていた。

知らせ文を懐に押し込み、勇蔵は身軽に立ち上がった。

七ツ口に行き、声をかけると、七ツ口が開き、お夏が出てきた。

「御中臈お登勢様お付きのお道殿に面会するためにまいった。取り次いでもらいたい」

杓子定規な口調で、勇蔵が告げた。

「心得ております。三之側《かわ》長局の天守台前の庭にお回りください」

そう告げて、お夏が七ツ口を閉めた。

三之側長局に面した天守台の前に、勇蔵は片膝を突いて控えていた。

廊下を踏みしめる足音に気づいて、顔を向けた勇蔵の目が大きく見開かれた。

先に立って歩いてくる女中の出で立ちは、みるからに贅《ぜい》を尽くしたものだった。背後にお付きの女中がひとり、したがっている。おそらくお道だろう。

(御中臈お登勢様に違いない。お道殿の話を聞いて、おいでになったのだ)

そう推断して、勇蔵は姿勢をただした。


勇蔵の前で足を止めたお登勢が、廊下に立ったまま声をかけてきた。

「お猫番の服部勇蔵か。先日、お猫番お披露目の場で、顔は見知っている。中臈の登勢じゃ。お道に会いたい、と申し入れたとのこと、どんな話か、わらわも気になって同行した。猫がらみの噂でも聞きつけたか」

お登勢が探りを入れてきているのは、明らかだった。

(変に小細工を弄《ろう》さず、単刀直入に切り込んだ方がよさそうだ。出たとこ勝負でいくしかない)

そう腹をくくって、勇蔵はお登勢を見詰めた。

「ご明察。どこから流布したかは申し上げられませんが、御中臈お登勢様の飼い猫が御年寄・竜川様を傷つけた、との噂を耳にしましたので、お付きのお道殿に、事の次第をお訊きしようとまいりました。噂では、小鞠が竜川様を傷つけた一件の遠因は、お道殿にあると聞いております」

お登勢からお道とおもわれる女中へと視線を移して、勇蔵がつづけた。

「私はお猫番。大奥で飼われている猫にかかわる揉め事を落着するのが、私にあたえられた役務です」

きっぱりと言い切った勇蔵に、お登勢とお道が顔を見合わせた。

うなずき合う。

口を開いたのは、お道だった。

「お道と申します。噂で流布されているとおりです。わたしの迂闊《うかつ》な行いが、事の起こりです」

「そこら辺の事情を、話してもらいたい」

応じた勇蔵に、横からお登勢が声をかけてきた。

「服部、そこでは話が遠い。大声で話せぬこともある。近う寄れ」

「それでは、御免」

立ち上がった勇蔵が、廊下のそばまで歩み寄り、片膝を突いた。

お登勢とお道が、廊下に座る。

「事の起こりを、できるだけ詳しく話してもらいたい」

ふたりに視線を流して、勇蔵が訊いた。

お道が話し始める。

「半月ほど前のことでした。一之側長局の廊下を歩いていたときに、竜川様と行き合いました」

お道は、御年寄・千島が、上様の新たな側室選びの候補として、主人であるお登勢を推しているのに対抗して、竜川が御中臈・牧江を推薦していることを知っていた。

そんなこともあって、竜川には敵愾心《てきがいしん》を抱いていた。その思いが、竜川から目を背けさせ、おざなりな挨拶をする結果を生んだ。

その場では、竜川から咎《とが》められることはなかった。

そんなことがあったことも忘れていた翌日に、竜川が、突然お登勢にあてがわれた部屋へ乗り込んできたのだった。

「お付きの女中の分際で、年寄のわらわに対して、下げたかどうかわからぬ程度に頭を動かしただけで、顔を背けて通り過ぎていった。礼を失している。実に無礼極まる。女中の不始末は、おまえさまのしつけができていないからじゃ。すべて、登勢殿のせいじゃ。この無礼にたいして、どう詫びるつもりじゃ」

凄まじい竜川の剣幕に、お道はもちろん、お登勢も、ひたすら謝りつづけた。

小半時（三十分）ほど声を荒らげて、お登勢とお道を怒りつづけた竜川は、気がすんだのか、その日は引き揚げて行った。

お登勢もお道も、事はその日で落着した、と思っていた。

が、その判断が甘かったことを、思い知らされる時は迫っていた。そのことに、ふたりは気づいていない。

三

翌日、再び、何の前ぶれもなく、竜川がお登勢の部屋へ乗り込んできた。

「まだ始末はついておらぬ。非礼を詫びよ」

と、昨日以上に居丈高《いたけだか》に迫ってきた。

お登勢とお道ら女中たちは、ただただ困惑するしかなかった。

怒鳴りまくる竜川を、お登勢たちは黙り込んで見詰めているだけだった。

お登勢の飼い猫の小鞠が、突然、お登勢をかばうように、うなり声を発して、竜川との間に割って入った。

小鞠は竜川を睨みつけ、恫喝《どうかつ》するように唸り声を上げつづけた。

いまにも跳びかからんばかりに、畳に爪を食い込ませる。

凄まじい剣幕だった。

小鞠の様相に、竜川は怒りを爆発させた。

「小癪《こしゃく》な猫め。わらわに抗うか」

お登勢を振り向いて、吠えつづけた。

「めざわりな猫じゃ。追い払え。早く追い払うのじゃ」

困惑を露わにしたお登勢が、振り向いてお道たちに下知《げち》した。

「小鞠をここから連れ出すのじゃ。別間に閉じ込めるのじゃ」

「すぐ連れ出します」

お道がこたえ、捕まえようとして、小鞠に迫った。

小鞠は逃げつづける。

「早く捕まえよ。何をしている」

目で小鞠を追いながら、竜川が吠えまくる。

部屋の一隅に追いつめたお道たちが、小鞠に跳びかかった。

刹那《せつな》、小鞠は女中たちの間をすり抜けていた。

傍らに立ち、小鞠を追い回す女中たちを見詰めていたお登勢を振り向いて、竜川が怒鳴った。

「登勢殿、何をぼんやりしているのじゃ。女中たちと一緒に猫を捕らえぬか」

お登勢が眉をひそめて、竜川を見据えた。

「何じゃ、その目は。ええい、わらわの言うことがきけないのか。さあ、小鞠を捕らえるのじゃ」

見詰めたまま動く気配もないお登勢に苛立ったのか、竜川が突然、お登勢の肩を突いた。

不意をつかれ、お登勢がよろける。

その瞬間……。

逃げ回っていた小鞠が、唸り声を上げて竜川に飛びかかった。

顔を引っ掻かれそうになった竜川が、焦って腕を振り回し、逃れようとした。

が、小鞠は竜川の手の甲に深々と爪を食い込ませていた。

小鞠を振り払おうと、大きく腕を振ったことが、誤りだった。

振り払われたことで、白猫の小鞠の爪は、近くの毛に血が染みるほど深く竜川の手の甲に食い込み、肉を抉《えぐ》っていた。

畳に叩きつけられた小鞠は跳ね起きるや、お道たちのほうへ走った。

が、誰も小鞠を捕らえようとはしなかった。

竜川の手の甲からは血が溢れ出ている。

「血が。手当をしなければ」

怪我した手をあらためようとして、お登勢が伸ばした手を払いのけて、竜川が怒鳴った。

「何をしやる。そなたに手当をされたら、かえって傷が悪化するわ。女中も無礼者なら、飼い猫まで無礼極まる。主人が礼儀知らずだから、お付きの女中も、飼い猫までもが礼儀知らず。もはや許せぬ。このままではすまさぬ」

「竜川様、手当を」

手当をしよう、と伸ばしたお登勢の手を再び振り払い、

「許さぬ。重ね重ねの無礼。金輪際、許さぬ」

激高した竜川が足音高く、部屋から出て行った。

為す術《すべ》もなく、棒立ちとなって、お登勢たちは竜川を見送った。

それまで話に聞き入っていた勇蔵が、口をはさんで問いかけた。

「お訊きしたいのですが、小鞠は、お登勢様が竜川様に肩を突かれて、よろけた直後に、竜川様に襲いかかったのですね」

「そうです。わたしと竜川様の間に割って入ったかと思うと、いきなり竜川さまに飛びかかったのです」

こたえたのはお登勢だった。

笑みを含んで、勇蔵が告げた。

「主人が虐《いじ》められている。小鞠は、そう決めつけたのです。竜川様は、怒鳴りつづけていた。猫は誰が自分を嫌っているかわかります。自分を嫌っている者が、いつも可愛がってくれる飼い主を虐めている、と思ったのでしょう。それで」

勇蔵がつづけて発することばを遮るように、お登勢が口を開いた。

「それで、小鞠は竜川様に飛びかかったのですか。わたしを守るために」

「猫は、心のある生き物です。自分を好いてくれているか、嫌っているか、瞬時に感じ取る心を持ち合わせている生き物。それが猫なのです」

「小鞠は、わたしを守るために竜川様に抗ったのか。猫とはいえ、小鞠は忠義者じゃ」

お登勢が独り言ちた。

横からお道が声を上げた。

「ご主人さま。忠義者の小鞠。何が何でも、守り抜かねばなりませぬ。どんなことがあっても、守り抜く、と覚悟を決めてくださいませ」

「お道。わかっておる。小鞠は、守る。守り抜いてみせる」

お登勢が、下唇を嚙みしめた。

ふたりの様子から、新たな難題が持ち上がっていることが推察された。

一膝乗り出して、勇蔵が告げた。

「私はお猫番。小鞠にかかわりある難事なら、私の職分の支配内。無理難題であろうと遠慮なく相談してください」

勇蔵の耳朶《じだ》に、忍び込んだ床下で聞いた、意味ありげな竜川の含み笑いが響き渡り、つづけて、

「いよいよ最後の仕上げにかかるときがきた。もうじきわらわの仕掛けた策は成就する」

勝ち誇ったような音骨で言い放ったことばがよみがえった。

勇蔵がじっとお登勢を見詰める。

見詰め返したお登勢の視線と、勇蔵の視線が絡み合い、ぶつかり合った。

瞬間……。

堰《せき》を切ったようにお登勢が声を高ぶらせた。

「服部、わらわを助けてくれ。小鞠を守ってほしい。頼みます」

その思いをしかと受け止めて、勇蔵が応じた。

「お猫番・服部勇蔵。小鞠を守るため、持てる力を振り絞ります。相談のなかみ、話してくださいませ」

「服部」

再びお登勢が勇蔵を見詰めた。縋《すが》るような眼差しだった。

その視線に真摯な眼差しでこたえた勇蔵が、つづくお登勢のことばを待っている。

四

お登勢は、ともすれば怒りに高ぶりそうになる気持を懸命に抑え込みながら、小鞠を守ってほしい、と頼むことになった経緯を話し始めた。

小鞠に爪を立てられた日の翌日、傷つけられた手に、これみよがしに包帯を巻いて、竜川がお登勢の部屋へやってきた。

声もかけずに、いきなり襖《ふすま》を開けて、竜川は長局中に響き渡るのではないか、と思われるほどの大声でがなりたてた。

「猫めの無礼、このまま捨て置くわけにはいかぬ。お登勢殿が始末をつけられないのなら、わらわが始末する。猫を渡せ」

ずかずかと部屋のなかに入ってきた竜川に気づいて、お登勢のそばで眠っていた小鞠が跳ね起き、走って部屋の一隅に身を置いた。

お登勢が、竜川に向かって膝行し、行く手を塞ぐように座り、畳に両手をついて頭を下げた。

「小鞠は、わたしの可愛い猫。何があっても、渡せませせぬ」

目を剝いて睨みつけ、竜川が声を荒らげる。

「それが、登勢殿の返答か」

せせら笑って、竜川がことばを重ねた。

「生きたまま猫を渡せ、とは言っておらぬ。登勢殿が自ら、憎き猫を始末して、その骸を検分させてくれればいいのじゃ。骸を見せてくれるまで、わらわはここへ来る。一日も早く、登勢殿の手で始末されよ。骸さえあらためれば、この部屋へくる理由はなくなる。わかったな」

鋭くお登勢を睨みつけて、竜川がさらに厳しい口調で告げた。

「これ以上、苛立ちと腹立たしい思いで、無駄な時を過ごしたくないのじゃ。登勢殿が猫を殺してさえくれれば、鬱憤は晴れる。明日も足を運ぶ。それまでに猫を始末しておくのじゃ」

言うなり小鞠を憎々しげに睨《ね》めつけ、踵を返して、竜川は部屋から出て行った。

翌日も、翌々日も竜川は、お登勢の部屋へやってきた。

同じことばを吐き、厭味を言って、お登勢と小鞠を睨みつけ、部屋から出て行った。

「そんな日が、十日近くもつづいています。わたしには小鞠の命を奪うなど、そんな無慈悲なことはできませぬ。どうすれば、小鞠を守ってやれるのか。何の手立ても浮かびませぬ。思い悩んでいるときに、お夏からお道に『小鞠がからんだ揉め事が起きているという噂を耳にしたので、くわしい事情をお道から訊きたいとお猫番より申し入れがあった』、という話が舞い込んできたのじゃ。わらわは、即座に、お猫番であるそなたに会うと決めて、ここへきた」

「よい決断をなされました。お猫番として、不肖、服部勇蔵。小鞠を守る手立てを考えてみます」

応じた勇蔵に、

「頼りにしているぞ。この通りじゃ」

お登勢が深々と頭を下げた。

「頭を下げられるなど、畏《おそ》れ多いこと、どうかおやめください。何度も申し上げますが、大奥で飼われている猫たちにかかわる揉め事を落着するのが、お猫番の務め。全力を尽くすだけでございます」

頭を下げながら勇蔵は、

（お登勢様の話を聞いたことで、竜川様の狙いがわかった。お登勢様に小鞠を殺させた後、お登勢様を推挙している御年寄・千島様を訪ねて『自分の手で、飼い猫を殺すことができる冷酷な女。上様のお側に仕えさせるわけにはいくまい』とねじ込んで、後見人でもある千島様に『上様との御庭御目見得を辞退するべき』と、お登勢様を説き伏せさせようと企んでいるのだ）

と、胸中でつぶやいていた。

五

「三之側長局は、御年寄や御中臈など、身分の高いお女中たちが住み暮らす一画。この場に長居しては、竜川様の息のかかった者の目に触れるかもしれませぬ。今後は七ツ口にいる御切手書のお夏殿を通じて、連絡をとりあいましょう」

勇蔵のことばに、お登勢とお道が焦って周囲を見渡した。

人の姿はなかった。

ほっとしたように顔を見合わせたふたりが、勇蔵に視線をもどした。

お登勢が応じた。

「承知しました。用があったら、お夏に声をかけます」

勇蔵が告げた。

「それでは、これにて引き揚げさせていただきます」

一礼した勇蔵が、身軽な所作で立ち上がった。

背中を向けて、歩き去って行く。

見送ったお登勢とお道が、うなずき合って腰を浮かせた。

その日の夕方、大奥台所近くにある老木に歩み寄った勇蔵は、人目がないのをたしかめた後、根元に置かれた庭石の下を探った。

知らせ文が、隠してあった。

いつものように、八つに折られた知らせ文を掌《てのひら》に包み込み、握りしめる。

伊賀衆詰所にもどり、お猫番の用部屋に入って、知らせ文を開いた。

文には、

〈明日、お猫番と会いたいとお登勢さまが仰有っている。連絡をとってくれ、とお道さんが申し入れてきました〉

とだけ記してあった。

知らせ文を八つに折りながら、勇蔵は、竜川が攻勢を強めたに違いない、と推測した。

お登勢は、瓜実顔《うりざね》の美形だった。憂いを含む切れ長の目、ほどよい高さの鼻、小さいがぽってりとした唇。ととのってはいるが、印象に残る顔だちではなかった。が、手折ればすぐにも折れそうな弱さと、身についた優しさが入り混じった、それでいて、芯の強さも感じさせる、不可思議な雰囲気を躰全体から醸し出していた。

（御庭御目見得が行われたら、おそらく上様はお登勢様を気に留められるだろう）

勇蔵は、なぜか、そんな気がしている。

なぜか、の理由を、勇蔵はおのれに問うた。

はっきりした理由は考えつかなかった。ただお登勢のお道に接する様子から、周囲に気配りする人柄、だと感じた。

床下に潜んだ日から、勇蔵は竜川にいい印象を持っていなかった。

（すべてを、自分の思い通りに運ばないと、気がすまないお人）

との思いが強い。

無意識のうちに、勇蔵は頭を傾げていた。

（お登勢様から相談されたこと、おれひとりでは手に余る一件かも知れない。今夜のうちに館野様に相談して、伊賀三之組のなかから三人ほど、お猫番の配下に加えてもらえるよう頼み込もう。話が長引くかもしれない。まずは、お夏からの知らせ文への返事を書き、庭石の下に隠すのが先だ）

文机の前に座った勇蔵は、傍らに置いてある筆硯《すずり》墨を入れた硯箱を手にとり、文机の上に置いた。

箱の蓋をとる。

硯の窪んだ部分、海には、まだ、すった墨が残っていた。

懐から二つ折りした懐紙を取り出し、文机に広げ、筆を手にとった。


老木の根元に置かれた庭石の下に、勇蔵はお夏への知らせ文を押し入れた。

知らせ文には、

〈明日昼八つ、この庭石あたりから、池をはさんで長局の向かい側にある林のそばを、散策しているようにみせかけて、お登勢様に半周してもらいたい。人に気づかれないと判じたあたりで、おれから声をかける、と伝えてほしい〉

と記してある。

周囲に目を走らせ、誰にも見られていないことを確認した勇蔵は、早足で伊賀衆詰所へ向かった。


伊賀衆詰所の組頭用部屋で、勇蔵は上座にある館野と、向かい合って座っていた勇蔵は、小鞠という、御中臈・お登勢の飼い猫をめぐって、年寄・竜川とお登勢が揉めていること、揉めている原因は、お登勢の部屋に乗りこみ、言いがかりをつけてきた竜川の手の甲に小鞠が爪を立てて、怪我をさせたこと、お登勢は御年寄・千島の推薦で上様の御庭御目見得にのぞむことになっていること、竜川は上様の側室候補として御中臈・牧江を推挙していて、千島やお登勢とは、将軍家側室の座をめぐって敵対関係にあることが、揉め事の大もとだと思われること、などをかいつまんで館野に話した後、

「今回の小鞠がらみの揉め事、裏に竜川様自身の大奥を牛耳ろうという野望と、竜川様を利用して権力を高めようとする御老中や若年寄、大身旗本の出世欲、幕府御用達の大店《おおだな》の主人たちの金欲がからみあった事件が潜んでいる、と推断しております。私ひとりでは手に負えぬ一件、お猫番の配下として三名、配属してもらえませぬか」

「問題が起きるたびに話し合って手配するのも面倒だ。よかろう。配下として使いたい者を選び出すがよい。人選は、服部、おまえにまかせる」

「さっそくのお聞き届け、痛み入ります」

頭を下げた勇蔵に、

「お猫番配下の者の人選を、服部に一任する。この書付を携えて、服部が訪ねてきたら、組頭のわしだと思って、指示にしたがい、お猫番配下として働いてもらいたい、旨を記した書付を書く。暫時、待て」

「そのような書付があれば、作業が早くすすみます。願ってもないこと、ありがとうございます」

畳に両手をついて、勇蔵が深々と頭を下げた。

第四章　究極の決断

一

お猫番の配下選びに、時間はかけたくなかった。

館野から、

〈お猫番配下の人選を服部勇蔵に一任する〉

との書付を受け取った勇蔵は、伊賀衆詰所に泊まり込んでいる伊賀三之組の組下たちに声をかけることにした。

最初に、お夏の父・佐々辰平の部屋を訪ねた。

「お猫番の仕事を手伝ってくれ」

と切り出し、

「組頭の許しは得てある。これを見てくれ」

と館野が渡してくれた書付を懐から取り出した。

読み終えて、佐々が顔を上げ、笑みをたたえて応じた。

「望むところです。御曹司、よろしくお願いします」

言うなり、姿勢をただして、深々と頭を下げた。


佐々との話を終えた後、勇蔵は、一緒に雄猫たちに餌をやっている木津小六《きづころく》、井沢平助《いざわへいすけ》が泊まり込んでいる、伊賀衆詰所内の合部屋を訪れ、

「配下として、お猫番の組織に加わってもらいたい」

と申し入れた。

木津と井沢は異口同音に、

「ともに雄猫たちの世話をしている仲、副頭だけがお猫番に任命されたと聞いたときは、置いていかれたような気がしました。そのうちお猫番配下になってくれ、と声をかけてもらえるかもしれない、と心待ちにしていました」

と、二つ返事で引き受けてくれた。

勇蔵と同年代の木津と井沢は、幼馴染みで、連れだってよく遊び、ともに伊賀

忍法の修行に励んだ、気心が知れた仲だった。

「常にお猫番の勤めがあるわけではない。日頃は、いままでどおり雄猫たちの世話と、害獣の骸などの始末にいそしんでくれ。お猫番として働いてもらいたいときには、声をかける。ふたりのほかに、佐々にも御庭番を引き受けてもらった。組頭には、佐々や、木津と井沢がお猫番の仕事にかかったときには、雄猫たちや害獣の処置がおろそかになる。さらに三人増員してもらいたい、と頼み込む」

そう別れ際に告げた勇蔵に、

「お猫番の仕事が始まるのが楽しみだ」

「腕がなる。早く動きたい」

笑みをたたえて、井沢と木津が相次いで声を上げた。

翌朝、一番に館野を訪ね、

「伊賀三之組の佐々辰平、木津小六、井沢平助の三人をお猫番の配下にすることにしました。三人が抜けたことで、雄猫たちの世話と害獣らの骸の処理がおろそかになります。さらなる人の手配をお願い申し上げます」

と頼み込んだ。

うむ、と唸って、館野が首を傾げた。

しばしの沈黙があった。

勇蔵は、館野を凝然と見詰めたまま、黙して返答を待っている。

「幕府の財政は逼迫しておる。大奥は金を使い過ぎる、とお偉方は、渋い顔をされて、増員を認められないだろう。広敷伊賀衆のなかで、何とかやりくりするしかあるまい」

独り言ちて、館野が勇蔵に視線を向けた。

「増員のこと、わしが何とかする。此度の一件、うまく運ばねば、老中、若年寄を巻き込んでの大事になる。事が大奥内でおさまるよう、心して動いてくれ」

「承知しました」

こたえて、勇蔵が深々と頭を下げた。

二

館野との話し合いを終えた勇蔵は、お夏からの知らせ文が隠されているかどうかたしかめるべく、老木へ向かった。

老木のそばに立った勇蔵は、周囲に警戒の視線を走らせた。

人の姿も、気配もなかった。

庭石の下をあらためる。

知らせ文は、届いていた。

いつものように取り出した文を握りしめ、勇蔵は、伊賀衆詰所へもどった。

お猫番用部屋に入って、知らせ文に目を通す。

〈お登勢様は、お猫番の指示にしたがう、と返答されました〉

と書かれていた。

勇蔵は硯箱を引き寄せ、蓋を開けた。

知らせ文を八つ折りにして、硯の下に隠す。

いままでお夏から受け取った知らせ文も、硯の下に隠してあった。

一件が落着するまで、お夏から受け取った知らせ文は硯の下に隠しておくつもりでいる。

事態の推移を、あらためて見直すときに役に立つ、と考えていた。

伊賀衆詰所には、広敷用人配下の伊賀者しか出入りしない。

伊賀組のなかに、探る相手の手先がいるとは、万が一にも考えられなかった。勇蔵にとって、伊賀衆詰所は、千代田城内でもっとも安全な場所であった。硯箱に蓋をして、お登勢に声をかける場所を見つけだすべく、勇蔵は身軽に立ち上がった。

たがいに知らせ文を隠しておく、庭石のそばに立つ老木の近くから、林に足を踏み入れた勇蔵は、身を低くして、池沿いに歩をすすめた。

池の曲がりなり近くに、低木の叢林《そうりん》があった。

勇蔵は、長局の廊下に人がいても、決して見つかることのない低木の後ろに、身を潜め、お登勢たちがくるのを待った。

小半時（三十分）ほど過ぎたころ、お道を供にお登勢がやってきた。

目の前にさしかかったとき、勇蔵は声をかけた。

「服部です。お登勢様、足を止めて、池を眺めたまま、用件を話してください」

振り向くことなく、お登勢が告げた。

「竜川様は昨日も、今朝方も部屋にきました。小鞠を渡せ、との一点張り。このままでは、小鞠を守り切れません。小鞠も怯えきっています。小鞠をひそかにお城から連れ出して、里に預けてほしい」

お登勢の父は、旗本七百五十石、御納戸頭《おなんどがしら》の高岡利右衛門《たかおかりえもん》だった。

即座に、勇蔵はこたえた。

「小鞠は生家ではなく、竜川様やつながりのある者たちが知らない、信用できる者に預けたほうがよろしゅうございます。万が一、竜川様の追及の手が及んだときには、父上様や御家族の皆様に迷惑がかかります。お登勢様が預ける相手を決めてくだされば、私があらゆる手立てを尽くして、小鞠を預けるお方のところへ連れていきます」

「わかった」

お登勢がこたえた。

考えているのだろう。しばしの間があった。

口を開く。

「預ける相手は、乳母しかいない」

「乳母殿の、お住まいは」

問いかけた勇蔵に、お登勢が応じる。

「説明すると、長くなる。そのこと、父上か母さまに訊いておくれ」

「承知しました。やっていただきたいことがあります」

さらに訊いた勇蔵に、お登勢が言った。

「なんなりと申してみよ」

「今日から小鞠を外へ連れ出し、散歩させてください。竜川様一派に見られるように、できるだけ目立つように歩きまわってください」

「わかりました。そうします」

こたえたお登勢に、勇蔵が告げた。

「池の周りをのんびりと歩いて、引き揚げるのです。あくまでも、散歩しているかのように、振る舞ってください」

「やってみます」

固い声で返答して、お登勢が歩き出した。

遠ざかるお登勢とお道を、低木の枝葉ごしに、勇蔵がじっと見送っている。

三

低木の後ろから、長局の廊下を臨める木の陰に身を移した勇蔵は、お登勢たちが現れるのを待った。

半時（一時間）ほどして、小鞠を連れて、お道を従えたお登勢が現れた。

楽しいのか小鞠は、尻尾を立てて、弾むような足取りで先に立って歩いてくる。何度も足を止め、お登勢たちがついてくるのを見届けては、歩き出した。

飼い猫を連れて散歩しているとしか見えない、お登勢や小鞠たちを庭木の陰から見詰めていた勇蔵が、視線を移す。

視線の先に、廊下に立って薄ら笑いを浮かべ、庭を歩いていくお登勢たちを見据える、侍女ふたりをしたがえた竜川の姿があった。

お登勢たちが庭に出てきてから、さほど間を置くことなく、竜川たちは廊下に現れた。

偶然通りかかったとは、とても思えなかった。

その微妙な時間差が、勇蔵のなかに、ひとつの疑念を芽生えさせた。

（もしかしたら、お登勢様にしたがう女中たちのなかに、竜川様に密かに通じている者がいるのではないか。そ奴がお登勢様が出かけていくのを見届けて通報した。そんな気がする）

勇蔵の推察どおり、お登勢の身辺近くに竜川の密偵がいるとしたら、お登勢が小鞠を勇蔵に託して、千代田城から連れ出させようとしていることが、竜川に筒抜けになる、と考えていた。

竜川は、

「小鞠を始末せよ」

とお登勢に迫っている。

（生きたまま、小鞠を乳母の住まいへ連れて行ったら、竜川は必ず、成敗しろと命じたのに、小鞠を逃がすとは何事。不心得も甚だしい、と難癖をつけてくるだろう。事態は、さらに悪化する。どうしたものか）

勇蔵は、思わず首を傾げていた。

何かよい手立てはないか、と考えている。

咄嗟《とっさ》には、浮かばなかった。

と、憎悪を剝き出しにして見詰めていた竜川が、興味が失せたのか、お登勢たちに背中を向けた。

やってきたほうへ、戻っていく。

竜川の後ろ姿に目を注ぎながら、勇蔵は、

(このままでは、生きている小鞠を、千代田城から連れ出すことはむずかしい。どういう手立てがあるか、伊賀忍法の秘伝書に、よい知恵が記してあるかもしれない。あたってみるか)

胸中で、そうつぶやいていた。


伊賀衆詰所にもどった勇蔵は、佐々の部屋を訪ねた。

幸い、佐々は部屋にいた。

部屋に入ってきて座ろうともせず、

「おれに代わって、雄猫たちに餌をやるよう井沢と木津につたえてくれ。できれば佐々にも、餌やりを手伝ってもらいたい。急ぎ調べたいことができたのだ」

いきなり声をかけてきた勇蔵に、佐々が鸚鵡《おうむ》返しに訊いた。

「急ぎ調べたいこと?」

伊賀衆詰所にもどる間に、勇蔵はひとつの結論を得ていた。

（生きていても、傍目《はため》には死んでいるように見えれば、小鞠を城から運び出しても、竜川は文句のひとつも言ってこないだろう。もっとも、しつこく調べあげて小鞠が生きていることがわかれば、竜川は何らかの策を巡らすに違いない。そうなったら、その時に対処するだけのことだ）

と腹をくってもいた。

勇蔵がこたえた。

「伊賀忍法の秘伝書に、生き物をいったん死んだように見せかけ、ある程度の時を経て、正気づかせることができる秘薬の作り方が記してあるかどうか、調べたいのだ」

緊張に目を光らせ、佐々が問いを重ねた。

「お猫番の仕事にかかわる調べですな」

「そうだ」

短くこたえた勇蔵に、

「いまは井沢と木津に、御曹司の指図をつたえるのがさしせまっての仕事。その秘薬がなぜ必要か、餌やりが終わってから聞かせてくだされ。のちほどお猫番用部屋へ顔を出します」

応じて、佐々が立ち上がった。

四

お猫番用部屋へもどった勇蔵は、押し入れを開け、行李を取り出した。行李の奥にしまい込んである伊賀忍法の秘伝書を手に取る。

秘伝書は、千代田城の門のひとつに名を残す、勇蔵の先祖・服部半蔵が書き残した、服部家の代々の当主に残された、まさしく一家相伝、門外不出の巻物であった。

秘伝書のなかみは、代々の当主が、後を継ぐたびに書き写してきたものだった。

文机の前に座った勇蔵は、巻物を開いて読み始めた。

父・泰蔵《たいぞう》が書写した秘伝書を、勇蔵自身が新たに書き写した巻物であった。

一度書写したことで、巻物のどのあたりに、どんなときに使う忍法が書き記されているか、ある程度憶えている。

勇蔵は、忍法秘伝書に書かれた、種々の薬の調合の仕方は、平穏な世がつづいている今でも、十分役に立つ伊賀忍法のひとつだと考えていた。

遁法、潜法、忍入法などと記された、大項目のなかのひとつ、薬法のうちの、〈疑似毒薬〉と記されていた一項を求めて、勇蔵は両手で巻物を開きながら、読みすすんでいった。

勇蔵の手が止まった。

広げたまま、文机に置く。

〈服用後、一昼夜、死人同然に呼吸を停止して眠りつづけ、やがて、息を吹き返す薬物〉

と解説されていた。薬を調合するための材料として、どんな薬草が必要か、配合する分量などが、細かく記されている。

必要な薬草は、すべて吹上御庭に自生していた。

勇蔵は、雄猫たちの世話と、働きの結果生じた害獣たちの骸などの後始末をするために、千代田城内の庭々を歩きまわって、どこに何が植わっているか、知り尽くしている。

〈竜川様がどれほど疑り深いかわからないが、息をしていない小鞠を見たら、死んでいると思うはずだ。問題は、息を吹き返すまで一昼夜しか時がないということ

とだ）

勇蔵は思案を押しすすめる。

竜川に小鞠の様子をあらためさせ、小鞠をお登勢の生家、高岡の屋敷へ届け、弔ってもらうことを話し、納得させ、引き揚げてもらうまでの間と、勇蔵が小鞠を預かり、高岡の屋敷まで届け、乳母の住まいを教えてもらって、そこへ届けるまでにどれほどの時を要するか。

問題は、竜川が骸でもいいから渡せ、と粘ったときの対処の仕方だった。薬を服用させ、すでに寝入っている小鞠に、その場で再度、薬をのませることは不可能だった。

よしんば、竜川がお登勢から聞いた小鞠の処置を了解した場合でも、納得したとみせかけて、骸を預かった勇蔵の後を、息のかかった者につけさせることもありうる。その場合は、迂闊《うかつ》に乳母の家を訪ねるわけにはいかない、とも考えていた。

乳母のもとで小鞠が生きているということがわかったら、竜川は必ず強硬な手段に出てくる。最悪の場合、乳母の身に危険が迫るかもしれない。

いままで竜川と勢力争いをした御年寄ふたりは、理由は定かではないが、大奥から追放同然に追われ、剃髪《ていはつ》させられて尼寺に押し込められている。

代参で詣でた寺の僧侶と密会し、姦通《かんつう》したとの疑いをかけられ、申し開きできなかったことが原因、とまことしやかな噂が流布されたが、真相は定かではない。

その噂には、尾ひれがついていた。ふたりの姦通を密告したのは、竜川だというのである。

竜川にかかわる胡散《うさん》臭い話は、ほかにもいくつも流布されていた。

老中の座を狙っていた若年寄が、お手付きの中臈に取り入り、寝間の睦言で将軍に、その若年寄を推挙させた、という噂が流れたことがある。その噂を流したのも、竜川だと言われている。が、逆に、

「迷惑千万な話。わらわが噂を流したという証を出してもらいたい」

と竜川が騒ぎ立て、その話は、有耶無耶《うやむや》になって終わっていた。

(竜川様は何をやらかすか、見当のつかないお方。出たとこ勝負で、事をすすめるしかない)

そう腹をくくった勇蔵は、疑似毒薬を調合するために必要な薬草を採取すべく、吹上御庭に向かうことにした。

出かける前にやることがあった。

勇蔵は、硯箱を文机に置き、蓋を開けて筆を手にとり、懐から取り出した懐紙に、疑似毒薬を調合するのに必要な薬草を書き写していった。

書き終えた勇蔵は、懐紙を懐にもどし、箱の蓋を閉めた。

秘伝書の写しを、行李の奥にしまい込み、押し入れにもどす。

吹上御庭へ向かうべく、勇蔵は腰を上げた。

五

吹上御庭で、疑似毒薬を調合するのに必要な薬草を採取するのに、さほどの時は要さなかった。

採ってきた薬草は水分を含んでいる。本来なら天日《てんぴ》で乾燥させてから、薬研《やげん》で押し砕いて粉状にし、必要な薬草をもろもろ調合して薬をつくるべきであった。が、天日で乾かしている時間はなかった。

勇蔵は、伊賀衆詰所の勝手に行き、火種の残っている七輪に炭を足し、薬草をあぶった。水分が失せたと、確信がもてるまで半時（一時間）以上かかった。

乾かした薬草を抱えて、お猫番用部屋にもどってきた勇蔵は、押し入れに入れてある、忍法に必要な道具をおさめた長持を引っ張り出した。

蓋を開け、薬草を粉状に砕く薬研と天秤《てんびん》を取り出す。

長持に蓋をし、押し入れにもどした。

薬草を天秤の皿に載せる。

疑似毒薬づくりに必要な、それぞれの薬草の分量を量り終え、混ぜ合わせて薬研に入れる。

軸のついた円盤型の、小さな金具の車を手にした勇蔵は、薬研に入れてある薬草に車を押しつけ、前後に動かして砕き始めた。

勇蔵は一刻（二時間）近く、薬種になる薬草を押し砕きつづけた。

薬研のなかに、調合し終わった疑似毒薬が入っている。

夢中になって、疑似毒薬を調合したものの、その効き目のほどをたしかめないで、いきなり小鞠に与えるわけにはいかなかった。

服用するのに必要な分量は、与える者の躰の重さで変わってくる、と秘伝書に記してあった。

薬草の種類、調合するのに必要な分量は、すべて秘伝書に書かれていたとおり、寸分の狂いもなく実行した。

（秘伝書に書かれていることに間違いはない、と信じたいが、疑似毒薬の効き目のほどや、服用したときは、躰にどんな影響が出てくるかについては、何ひとつ記述がない。自分の躰で試すしかないか）

勇蔵は腕を組み、薬研のなかの粉末を凝然と見据えた。

腹を決めたのか、勇蔵が、うむ、と強く顎を引いた。

（疑似毒薬に秘伝書に書かれたとおりの効能があるかどうか、はっきりしない。薬を飲んだはいいが、そのまま眠りつづけ絶命してしまうかもしれない。どう考えても、おれが飲むしかない。最悪の場合にそなえて、事の経緯とお猫番の今後のことについて、書き残しておくべきだろう）

勇蔵は、文机の脇に置いてある、筆硯を入れた木箱を手に取った。

文机に置き、蓋を開ける。

硯の海には、お夏へ渡す知らせ文を、いつでも書くことができるように、すった墨を貯めてあった。

懐から懐紙を取り出し、筆を手にとる。

懐紙に、疑似毒薬をつくるに至った経緯と、その効能について書き記し、万が一、勇蔵が一昼夜過ぎても目覚めず、そのまま息絶えたときは、館野にこの書状を見せ、指図を仰ぐように、としたためた。

書状は、あえて封紙で包まなかった。

そのまま、文机に置いたままにしておいたほうが、用部屋から出てこない勇蔵を心配して、様子を見にやってきた者が、早めに気づくだろうと考えたからだった。

書き終えた勇蔵が、筆を硯箱にもどし、なかに置いてあった文鎮を取って、書状の上に置いた。

箱の蓋を閉め、もとの場所にもどす。

勇蔵は、文机をはさんで、箱の反対側に置いてある、水差しと湯飲みが載せてある角盆に手をのばし、引き寄せた。

水差しに入れてある水を、湯飲み茶碗に注ぐ。

文机に置いたままになっている懐紙から一枚抜き取り、二つ折りにした。

二つ折りした懐紙を開き、文机におく。

薬研に入っている疑似毒薬を、天秤で一人分計って、懐紙の折れ目のあるところに置いた。

そのとき、襖越しに声がかかった。

「佐々です。餌が足りません。御曹司に、急ぎ御指図を仰ぎたくてまいりました。入ります」

「入ってくれ」

こたえるのと同時に、襖が開き、佐々が部屋に入ってきた。

薬研と、文机に置かれた書状と、懐紙に盛られた薬に気づいて、佐々が驚きの声を上げた。

「これは、何事でございますか」

「いや、何でもない。餌の話が先だ」

応じた勇蔵のことばは、佐々の耳には届いていなかった。

勇蔵を押しのけるようにして文机の前に立った佐々が、書状に目を注ぐや、いきなり疑似毒薬を載せた懐紙に手を伸ばした。

「佐々、それはおれが、飲む」

声をかけて、勇蔵は止めようとした。

迅速極まる佐々の動きだった。

懐紙を手にした佐々は大きく口を開き、一気に疑似毒薬を飲み込んだ。粉がからまったか、むせた佐々が湯飲みに手を伸ばし、水を飲み干す。

一息ついたのか、佐々が口を開いた。

「御曹司、秘伝書に書かれたことが事実かどうか、身をもってたしかめること、たとえ命を失っても、伊賀の忍びの末裔として、不肖佐々辰平、本望でございます」

「佐々」

「餌が足りなくなりました。木津は吹上御庭の、長局寄りの餌場にいます。早く届けて、くだされ。早《はよ》う」

いいかけて、不意に佐々が大きな欠伸《あくび》をした。

「眠くなってきました。伊賀につたわる秘薬、もう、効いて、きまし、た。横に、なり、ま、す」

再び大欠伸をしながら、佐々が崩れるように倒れ込んだ。

「佐々、すまぬ」

声をかけ、勇蔵が立ち上がった。

押し入れを開け、丹前を引っ張り出す。

佐々に歩み寄り、丹前をかけてやった。

「許してくれ。秘伝書には、疑似毒薬の効能を失わせる毒消しについて、何一つ記されていない。一昼夜、待つしかない」

立ち上がった勇蔵が、鼾《いびき》をかいて眠っている佐々を見つめ、

「詰所の勝手の一隅に作り置きの餌を入れた箱が置いてある。佐々、おれは勝手から餌場へ向かうぞ」

声をかけた勇蔵が襖を開け、再び佐々を振り返る。

「佐々、目覚めてくれ。明日の再会を、楽しみにしているぞ」

声をかけ、思いを断ち切るように強く頭を振った勇蔵が、部屋から出て行く。

音もなく襖が閉められた。

部屋には、高鼾をかいて眠っている、佐々だけが残されている。

第五章　深まる疑念

一

木津たちに餌を届けた後、勇蔵は、お夏からの知らせ文が届いているかどうかあらためるべく、老木へ向かった。

まわりに人の気配がないのをたしかめて、老木の根元に置かれた庭石の下を探る。

知らせ文はなかった。

(今日は何の動きもなかった、ということか。おそらく連日、押しかけている竜川様がやってこなかったのだろう。なぜ、こなかったのか。竜川様には何か含むところがあるはずだ)

胸中でつぶやいて、勇蔵は首を傾げた。

お猫番用部屋にもどった勇蔵の目が、横たわり、目を閉じている佐々の姿を捕らえた。

鼾はかいていない。

不吉な予感にかられた勇蔵は、佐々に歩み寄り、傍らで片膝をついた。

佐々の鼻に掌をかざす。

本来なら佐々の吐く息が、勇蔵の掌に何度もあたるはずだった。

(息をしていない。秘伝書に、一時的に死人のように息をしなくなる。息を吹き返し目覚めるまで一昼夜、と書いてあった。待つしかない)

秘伝書どおりにすすんでいる状況に、半ば安堵したような、それでいて、

(このまま息を吹き返さないのではないか)

との不安が入り混じった思いが、勇蔵のなかに湧いていた。

「とりあえず晩飯を食おう。勝手に行けば、何か食べ物があるだろう」

独り言ちて、勇蔵が立ち上がった。

伊賀衆詰所に詰める伊賀組の面々のほとんどが、泊まり込んで役目を果たしている。

望めば、一ヶ月ごとに交代し、組屋敷へもどることができる。しかし、勇蔵は、詰所にいつづけていた。面倒をみている雄猫たちのことが気になって、組屋敷へもどる気にならない、というのが、交代しない理由だった。

組屋敷には、年老いた母と二歳年下の弟・栄二郎《えいじろう》が住んでいる。父・泰蔵は、三年前、齢六十で病死していた。

栄二郎は、勇蔵と違って、伊賀忍法にあまり興味がないのか、術の修行にも、さほど熱心ではなかった。しかし、親思いで、傍目にも仲のよい母子だった。

時代に即した、伊賀忍法の活用を模索する勇蔵と違って、栄二郎は日々平安の暮らしを望む者であった。

(母上は栄二郎といるほうが、安穏《あんのん》な暮らしができる。ふたりの間に、おれがかかわらぬほうがうまくいく。おれは、目標に向かって突きすすむ。その目標を達成するために、いつ何時、命を失うことになるかもしれぬ。そのときは、わずか百十石の家禄だが、栄二郎が家督を継げばよい)

そう腹をくっている勇蔵だった。

晩飯を食べた後、お猫番用部屋へもどり、再度、佐々が呼吸していないことをたしかめた勇蔵は、長局にある、竜川の部屋の床下に忍び込み、潜んだ。

上の座敷では、竜川と聞き覚えのある声の女がことばを交わしていた。

話がすすむうちに、竜川と話しているのは御中臈の牧江だとわかった。

「昨日まで、連日登勢の部屋に押しかけた。小鞠を渡せ、としつこく迫って、相手が弱り果てたのを見届けて、引き揚げてきた」

竜川が、ことばを切った。

間を置くことなく、含み笑う声が聞こえた。陰湿で、聞いた者のこころを凍えさせるような、陰鬱な響きが籠もっている。

得意げに、竜川がことばを継いだ。

「今日は、策を弄して、登勢のところへ行かなかった。おそらく登勢は、わらわの怒りが鎮まったのではないかと、淡い望みを抱くだろう。気がゆるめば、再び顔を出して、さらに厳しく迫ったら、登勢はいままで以上に辛い気持に追い込まれるはず。そうなることを狙って、やったことじゃ」

牧江が応じた。

「さすがに竜川様。なされることにそつがありませぬ。お登勢殿が音《ね》を上げるのは、間近ではないかと」

高慢ちきな口調で、竜川が告げた。

「牧江、必ずわらわがおまえさまを上様の側室にしてみせる。そのためには、どんな手立てもとる。登勢の飼い猫は、登勢追い落としの材料になる」

「何とぞ、よろしゅうお頼み申します。竜川様だけが、頼りでございます。この通りでございます」

牧江が両手をついて平伏する気配がした。

「大船に乗った気で、待っているがよい。近いうちに必ず、登勢めを追いつめて、上様との御庭御目見得を辞退させてみせる。牧江、上様の側室におさまった暁には、わらわの望み通りに動いてくれるであろうな」

「必ず、竜川様の仰有るとおりに働きます。そのときは、なんなりと仰せつけください」

「よい心がけじゃ。その気持、忘れてはならぬぞ。よいな」

「終世、忘れませせぬ」

「それでよい。ともに権勢を振るおうぞ」

竜川が高笑いをした。

（竜川様の権勢への執念、恐るべし。権勢を得るためには、どんなあくどいことも平然とやってのけるお方、野放しにしておけぬ）

感情を高ぶらせ、気を発したら、探っている相手に潜んでいることを覚《さと》られるおそれが高まる。込み上げてきた憤怒の思いを懸命に抑え込んで、勇蔵は胸中でそうつぶやいていた。

二

長局の床下からお猫番用部屋にもどった勇蔵は、佐々の傍らに夜具を敷き、横になって躰に上掛けをかけ、眠った。

目がさえて、なかなか寝付けなかった。

うとうとするのだが、神経が高ぶっているのか、すぐに目覚めてしまう。めざめるたびに、勇蔵は佐々の鼻に掌をかざした。

何の反応もなかった。

再び、横になり、寝入る。

が、すぐに目覚めて、佐々の鼻に掌をかざす。

そんなことを数回繰り返しているうちに、空がしらじらと明け、朝になった。

猫の餌が不足していた。

夜具から出た勇蔵は、夜具をたたみ、押し入れに入れた。

からになった餌袋五袋《たい》を手にして部屋から出て行くときに、勇蔵は、ちらり、と佐々に目を走らせた。

が、もどって佐々の鼻に掌をかざそうとはしなかった。

(夕刻まで、待つしかない。秘伝書に書かれていたことを信じるしかない)

と腹をくくっている。

廊下へ出た勇蔵は、後ろ手で静かに襖を閉めた。


勝手に行き、勇蔵が雄猫たちの餌をつくっていると、それぞれ空になった餌袋ひとつを持って、木津と井沢が顔を出した。

餌は、伊賀衆詰所に泊まり込んでいる、伊賀組の面々に用意される食事の残飯を使ってつくっている。残飯のなかに、伊賀忍法に伝わる滋養強壮の効のある薬草や、時においては腹下しに効く薬草を混入させていた。

勇蔵たちは黙々と餌作りをし、七袋の餌袋に詰め込んだ。

用意されていた朝飯を食べた勇蔵たちは、昼飯用につくってもらった握り飯二個が入った竹の皮包みひとつを懐に入れ、水を満たした竹筒を帯に結わえつけて、勝手を出た。


木津と井沢がそれぞれ三袋ずつ持って、持ち場の餌場へ向かった。

勇蔵の持ち場は、長局近くの餌場だけだった。


餌箱に餌を入れ、雄猫たちが餌を食べ始めたのを見届けた勇蔵は、

（たぶん知らせ文はないだろう）

と推測しながら、知らせ文を隠しておく庭石へ向かった。

人の目がないか周囲に視線を走らせて、庭石の下に手をのばす。

知らせ文は届いていなかった。

（佐々が目覚めるまで、何の策もたてられない）

疑似毒薬の効能が秘伝書に書いてあるとおりだった、と判明するまで待つしか

なかった。

お猫番用部屋へもどった勇蔵は、寝ている佐々のそばに座り、掌を佐々の鼻にあてた。

何の反応もなかった。

（永遠に佐々は、息を吹き返さないかもしれない）

不吉な思いが、勇蔵のなかに生じていた。

唇を嚙みしめた勇蔵は、佐々の寝床のそばで、ごろりと横になった。

昨夜はよく眠れなかった。

ただでさえ眠気が残っているところに、朝から働きづめで、みょうに疲れていた。

いつのまにか勇蔵は、寝息をたてていた。


「ううっ」

大きな呻《うめ》き声が聞こえた。

つられたように、勇蔵も呻いていた。

醒めぬ眠気を振り払うように、ゆっくりと頭をふりながら、勇蔵が半身を起こした。

そのとき、

「お、ん、ぞ、うし」

と、切れ切れの声が聞こえた。

聞き取れないほどの音であったが、まぎれもなく佐々の声であった。

「佐々」

思わず口走って、勇蔵が目を注いだ。

薄ぼんやりした顔付だったが、佐々がかすかに目を開いて、勇蔵を見つめていた。

「息を吹き返した。佐々、指を、指を開いてくれ」

唇を真一文字に結んだ佐々が、力を振り絞って右手を上げ、指を開いて、ゆっくりと閉じた。

「動いた。佐々、よかった」

微笑んで、佐々が応じた。

「生き返りました。伊賀忍法の秘術、まさしく、ここにあり」

半身を起こした佐々が、額を抑えて動きを止めた。

「頭がくらくらします。まだもとにもどっていない」

ゆっくりと首を回しながら、佐々がつづけた。

「首もまわります。腕も」

と腕を回してみせた。

興奮を抑えかねて、勇蔵も甲高い声を上げた。

「佐々、無理をするな。よかった。息を吹き返した。秘伝書に書かれてあることに、間違いはなかった」

佐々の手をとろうとして、勇蔵が動きを止めた。

「御曹司、何をとまどっておられる。私は、もとにもどりましたぞ」

勇蔵の手を、手を伸ばして佐々が握りしめた。

「佐々、痛いぞ。力の入れすぎだ」

喜びの声を上げ、勇蔵が佐々の手を強く握り返した。

「痛っ。御曹司、お手柔らかに、頼みますぞ」

「佐々」

見つめ合った勇蔵と佐々が、さらに固く、たがいの手を握りしめた。

三

息を吹き返した佐々は、

「腹が減りました。何か食い物があるかもしれない。勝手をのぞいてきます」

と言って、立ち上がった。

少しよろめいたが、足を踏ん張って立ち止まり、溜息をついた。

「まだ眠気が残っている。どうもしゃっきりしない。亀みたいにのろのろ行くか。よいしょと」

かけ声をかけて、佐々がのっそりと部屋から出て行った。

笑みをたたえて見送った勇蔵は、襖が閉められたのを見て、文机の前に座った。

硯箱を文机に置き、蓋を開ける。

懐から懐紙を取り出して広げた勇蔵は、筆を手に取り、知らせ文を書き始めた。

小半時（三十分）後、勇蔵は庭石の前にいた。

周りに視線を走らせ、人の姿がないのをたしかめた勇蔵は、懐から取り出した八つ折りにした知らせ文を、素早く庭石の下に隠した。

知らせ文には、

〈明日、朝一番に七ツ口を訪ね、お猫番の服部です。所用があってまいりました、と呼びかける。お夏は、お登勢様からの伝言があります。いま外へ出ます。外で話しましょう、と応じてくれ。預けたい品もある〉

と記してあった。

お夏に預けたいもの。

それは、またたびに疑似毒薬を混ぜた紙包みであった。

翌朝、平常にもどった佐々と井沢、木津に雄猫たちの餌やりをまかせた勇蔵は、七ツ口へ向かった。

懐には、昨夜のうちに調合しておいた、小鞠に与える疑似毒薬をくるんだ紙包みが入っている。

やってきた勇蔵は、戸襖ごしに声をかけた。

「御猫番の服部勇蔵です。所用があってまいりました」

間をおくことなく、返答があった。

お夏の声だった。

「お登勢様からの伝言があります。いま外へ出ます。外で話しましょう」

こたえ終わるのと、ほとんど同時に七ツ口が開けられた。

お夏が出てくる。

知らせ文を読んだお夏は、内側で、勇蔵がくるのを待っていたのだろう。

出てきたお夏は、先にたって歩き出し、少し離れた、人目につきにくいところで足を止めた。

立ち止まって、勇蔵が声をかける。

「昼前に、散歩に出たふりをして、先日、密談を交わしたところで立ち止まってもらいたい。私から声をかけます。小鞠を助け出す唯一無二の手立てが見つかりました。その手立てを、密談の場で説明いたします。その手立てを用いるかどうか決めるのは、お登勢様のお心次第。お夏に、手立てで用いる粉薬を預けます。受け取ってください、とお登勢様にお伝えしてくれ。これを渡す」

懐から取りだした細かく折りたたんだ紙包みを、お夏の掌に押しつけた。

紙包みを掌で握りしめたお夏が、肘を曲げて、さりげなく袂に入れる。

一方の手で表側から袂に触り、紙包みが入っているか否かたしかめたお夏が、小さくうなずいた。

うなずき返して、勇蔵が告げた。

「なにとぞ、よしなに」

会釈し、踵を返した勇蔵に、

「それでは、これで」

と、お夏が頭を下げた。


知らせ文を隠し置いておく庭石の、後方に立つ老木の近くから、林に足を踏み入れた勇蔵は、いつも潜んでいる低木の叢林《そうりん》のなかに身を潜めた。

ほどなくして、お道を供にお登勢がやってきて、池の曲がりなりで足を止めた。

勇蔵が声をかける。

「この前と同じように、池を眺めて、景色を楽しんでいる風情でいてください。ことばだけで、やりとりしましょう」

お登勢が応じた。

「お夏から聞いた。小鞠を助ける唯一無二の手立てというのは、お夏から受け取った薬を小鞠に与えるやり方のことか。あの薬に害はないのか」

「伊賀忍法に伝わる秘薬。害がないとは言い切れませぬ」

「害があるのか。小鞠の命にかかわるのか」

人に聞こえぬように必死に声を抑えたことが、勇蔵にもはっきりとつたわってきた、お登勢の物言いだった。

「小鞠の息は、一昼夜止まります。傍目《はため》には、死んだとしか見えませぬ。が、必ず、息を吹き返します。そのこと、伊賀組の配下が、秘薬を飲み、自らの躰で試して、秘薬の効き目のほどを試しております。間違いなく、息を吹き返します」

「さきほど、竜川様が部屋に押しかけてきた。小鞠を渡せ、と前にもまして厳しく言い寄られ、何なら、わらわが、この場で小鞠を成敗してもよい、と懐剣に手をかけられ、迫ってこられました。わたしはどうすればよいのか。このまま小鞠を守り切ることができるかどうか、自信がありませぬ。わたしは」

言いかけたお登勢のことばを遮って、勇蔵が告げた。

「ならば、私めの策を用いるとの覚悟を、お決めください」

「小鞠は死なぬな。秘薬を飲んでも、必ず息を吹き返すのじゃな」

「不肖服部勇蔵の命に代えて、そのこと、約束いたします」

「わかった。ほかに手立てを思いつかぬ以上、仕方あるまい」

お登勢の声が、悲しみに震えて沈んだ。

「覚悟を決められたいま、お登勢様に急ぎやってもらいたいことがございます」

「何じゃ」

「父上様と母上様に宛てた、お猫番・服部勇蔵に小鞠の骸を預けました。骸を乳母に託し、葬ってもらいたい。このこと、父上様、母上様からも乳母に頼んでもらいたい、旨を記した書状を書いてください」

「親を欺くことになるが、やむを得まい」

「欺くのではありませぬ。万が一、竜川様が小鞠の死を疑い、何者かに命じて調べさせた結果、小鞠が乳母のもとで生きていることがわかれば、両親様《ふたおや》の身にも厄介事が降りかかるかもしれません。真実を知らせぬ方がよい場合もあります」

「そうかもしれぬ。書状をしたためた後、何をすればよい」

気持が落ち着いたのか、お登勢の声音はつねにもどっていた。

「書き終えたら、すぐ秘薬を小鞠に与えてください。できれば、その場にお夏も立ち合わせてもらいたい。秘薬はすぐに効きます。小鞠に異変が生じたら、親御様に宛てた書状をお夏に預け、伊賀衆詰所のお猫番用部屋へ走るよう命じてください。私は七ツ口近くに待機しております。お夏が出てきたら声をかけ、七ツ口に向かいます」

「わたしは部屋で待つのか、それとも」

「できれば仮死状態に陥った小鞠を七ツ口まで運び、待っていてください。竜川様の動きから推測して、お登勢様の部屋付きの女中のなかに、竜川様に気脈を通じている者がいるような、そんな気がします。事は迅速を極めたほうがよろしいかと」

「わたしの近くに、竜川様の密偵がいると申すか。それはまことか」

「確たる証はありませぬ。あくまでも伊賀忍法を習得した、忍びの者の勘働き、とだけ申し上げておきます」

しばしの沈黙があった。

吹っ切ったようにお登勢が口を開いた。

「お猫番殿のことばどおり、事は迅速を極めたほうがよいようじゃ。書状を書き、事を実行に移す」

「七ツ口近くにて待機しております」

応じた勇蔵に、

「頼りにしておるぞ」

告げるなり、お登勢が踵を返した。

数歩遅れて、お道がつづいた。

四

長局の、お登勢にお付きの女中数人が詰める部屋の一隅に、お夏が所在なげに座っている。

お夏は、お登勢に呼び出されて、やってきたばかりだった。

突然……。

襖を隔てた、お登勢の居間から、

「小鞠。小鞠が、おかしい」

お登勢の悲鳴に似た声が上がった。

間を置くことなく、襖を開け、お道が飛び出してきた。

声をかける。

「小鞠が、倒れた。お夏さん、お猫番、お猫番に知らせて」

「大急ぎで」

立ち上がったお夏が、部屋から飛び出していく。

つづけて出ていこうとした女中が、襖に手をかけた。

瞬間……。

お登勢の声がかかった。

「お吟《ぎん》、どこへ行く。部屋から出てはならぬ」

振り向いたお吟の目に、開けられた襖の向こうに立つ、ぐったりした小鞠を抱いて、涙ぐんだお登勢の姿が飛び込んできた。

「小鞠は息をしておらぬ。食べ物にでもあたったのであろう。小鞠は、死んだ」

崩れるように座り込み、お登勢がつづけた。

「小鞠を弔う。みんな、小鞠の成仏を祈っておくれ」

膝の上に小鞠を置いたお登勢が、手を合わせる。

お道と、ほかのお付きの女中たちも合掌した。

一緒に手を合わせたお吟は、上目使いに小鞠に目を注いでいる。

小鞠は、お登勢の膝の上で力なく横たわり、身動きひとつしない。

七ツ口から出てきたお夏が、伊賀衆詰所へ向かって歩き始めた。行く手に立っている大木の後ろから、勇蔵が出てくる。足を止めたお夏に歩み寄って、勇蔵が声をかけた。

「伊賀衆詰所へ行くには、ここを通るだろうと思って、待っていたのだ。人目のつかぬ場所へ移ろう」

「わかりました」

応じたお夏が、返答を待たずに歩き出した勇蔵のあとを、あわてて追った。

長局の外壁に身を寄せて、勇蔵とお夏が話している。

「お夏は、小鞠の様子は見ていないのだな」

問いかけた勇蔵にお夏がこたえた。

「お道さんが、お登勢様の居間から飛び出してきて、お猫番に知らせて、と言われたので、急いで飛び出してきました。小鞠は見ていません」

「お登勢様は、小鞠が、おかしいと叫ばれたのだな」

「そうです。まるで悲鳴のようでした」

うむ、とうなずいて、勇蔵が問いかけた。

「お登勢様から預かったものはないか」

「いえ、何も」

「本当か。書状を渡されなかったか」

「書状を？　わたしがお登勢様の部屋に入ってすぐに騒ぎが起こったので、何も受け取っていません」

「部屋に入ってすぐ、だと。呼ばれてすぐに、部屋に行ったのではないのか」

咎める口調で、勇蔵が訊いた。

お夏を見つめる目が険しい。

一瞬、息をのんだお夏が、視線をそらして応じた。

「切手番所で発行された切手を持って呉服問屋の女商人がやってきました。その女商人の切手をあらためていたので、遅れました」

「そうか。女商人が、七ツ口にきたのか」

応じた勇蔵は、胸中で、

（迂闊だった。切手番所が発行した切手を持ってやってくる者たちをあらためる

のが、七ツ口に詰める御切手書の務め。そのことを、失念していた）

そう呻いていた。

同時に、段取りどおりに物事が進まなかったことが、今後の成り行きにどう影響してくるか、不安な思いにかられてもいた。

しばし黙り込んだ勇蔵に、お夏が心配そうに問うた。

「その書状、大切なものだったのですね。わたしはどうしたらいいのでしょうか」

お夏を見つめて、勇蔵が告げた。

「成り行きにまかせるしかない」

「成り行きに、ですか。段取りが狂ったのですか」

無言で勇蔵がうなずいた。

「このしくじり、どうすれば取り返せるか。教えてください」

その問いにはこたえず、勇蔵が告げた。

「伊賀衆詰所を往復して、おれを連れてくるのに要する時間は過ぎた。そろそろ七ツ口へ向かおう。着いたら、お夏はお登勢様に、おれが表にいることをつたえに走ってくれ」

「抜かりなく」

固い表情で、お夏が応じた。

五

七ツ口の前に着いた勇蔵とお夏は、無言で顔を見合わせた。

うむ、と無言で顎を引いた勇蔵に目を据えて、

「お登勢様を呼んでまいります」

「お登勢様お付きの女中のなかに、竜川様の密偵がいる。書状の話はもちろんのこと、用件以外は喋らないように」

「心得ております」

勇蔵に背中を向けて、お夏が歩み寄り、戸襖に手をかけた。開ける。

その瞬間、驚愕にお夏の目が大きく見開かれた。

「お登勢様、なぜここに」

思わず発したお夏の声に、勇蔵が動いた。

近寄る。

勇蔵の目が、七ツ口の戸襖の向こう側の廊下に座っている、お登勢の姿を捕らえた。

背後にお道がしたがっている。

号泣したのか、お登勢の目が赤く潤んでいる。

勇蔵に場所を譲るかのように、お夏が戸襖をさらに開きながら、横にずれた。

開け放たれた戸襖の桟《さん》をはさんで、庭に立った勇蔵と廊下に座したお登勢が向かい合う。

お登勢の前に、風呂敷を敷物代わりに、漆塗りの木箱が置かれていた。

「その木箱に小鞠が」

お登勢が応じた。

「この木箱は棺がわり。蓋を開けて、小鞠を見てくれますか」

風呂敷ごと、大事そうに木箱を抱えてお登勢が膝行し、勇蔵の前に木箱を置いた。

「あらためさせていただきます」

手を合わせて木箱を拝み、勇蔵が木箱の蓋を開けた。

なかに、ぐったりとした小鞠が横たわっている。

その傍らに、一通の封書が置いてあった。

勇蔵が、封書に目を走らせ、視線をお登勢にもどした。

「手配りのほど、痛み入ります」

ちらり、とお夏を見やる。

お夏も、封書に気づいていた。

安堵したのか、微かに息を吐いて勇蔵を見、お登勢に視線を移して、小さく頭を下げた。

お夏の視線を受け止め、無言でうなずいたお登勢が勇蔵に告げた。

「父上と母さま宛てに、小鞠の骸を丁重に葬っていただきたく、切にお願い申し上げます、としたためた封書じゃ。事情があって、わたしの手で、城内に小鞠を葬ってやることができぬ。小鞠のこと、お猫番のおまえに頼むしかない。小鞠を、これよりわたしの生家まで届けてもらいたい」

「承知しました。これよりお登勢様の二親様の屋敷へ向かいます」

木箱の蓋を閉め、風呂敷で丁寧に木箱を包み込み、しっかりと結わえ付けた。

風呂敷包みを抱えた勇蔵が、ことさらに声を高めて告げた。

「お猫番・服部勇蔵、小鞠の骸をしかとあらためました。可愛がっていらっしゃった小鞠を失ったお登勢様の悲しみ、よく伝わりました。来世で小鞠が蘇り、お登勢様と再び出会う日がくることを願っております」

一瞬、お登勢が目を輝かせた。

「来世で小鞠と会うのが楽しみじゃ。小鞠のこと、くれぐれもよろしく」

「それでは、これにて。くれぐれも身辺に気をつけてくださいませ。壁に耳あり障子に目あり、と申します」

目線で、勇蔵が廊下の突き当たりを指し示した。

その意味を察して、お登勢とお道が同時に振り返る。

廊下の突き当たりの手前の部屋の陰に、素早く身を隠す人影が見えた。

「お吟」

「間違いありません。身なりの柄が、お吟のものです」

相次いでお登勢とお道が声を上げ、顔を見合わせた。

ふたり同時に、勇蔵を見つめる。

その視線を受けて止めて、勇蔵が告げた。

「これからも何が起きるかわかりません。くれぐれもご用心ください」

知念実希人
呪いのシンプトム

TVアニメ化
2025年1月1日(水)
24:00放送開始！

実業之日本社文庫

天久鷹央の推理カルテ

水神。化け猫。消える銃弾。
「呪い」の正体は？

まるで「呪い」が引き起こしたかのような数々の謎を前にして、天才医師・天久鷹央が下した「診断」とは!? 現役医師が描く医療ミステリー、第18弾！

定価**847**円(税込) 978-4-408-55920-9

完全新作短編集

12月の新刊

実業之日本社文庫

赤川次郎
紙細工の花嫁

定価792円(税込) 978-4-408-55917-9

女子大生のところに殺人予告の脅迫状が誤配され、中には花嫁をかたどった紙細工の人形が入っていた。本当の宛先を訪れると……。人気ユーモアミステリー！

五十嵐貴久
能面鬼

定価792円(税込) 978-4-408-55918-6

新歓コンパで、新入生が急性アルコール中毒で死亡する。参加者達は、保身のために死因を偽装する。一年後、一周忌の案内状が届き……。ホラーミステリー！

南 英男
刑事図鑑

定価880円(税込) 978-4-408-55925-4

殺人犯捜査を手掛ける刑事・加門昌也。赤坂の画廊の女性社長絞殺事件を担当するが…捜査一課、二課、生活安全部、組対など凶悪犯罪と対峙する刑事の闘い！

花房観音
京都伏見 恋文の宿

書き下ろし

定価814円(税込) 978-4-408-55923-0

秘密の願い、叶えます——。幕末の京都伏見、一通の手紙で思いを届ける「懸想文売り」のもとを訪れる人々の人間模様を描く時代小説。

ます。

©山下以登

実業之日本社文庫

平谷美樹

国萌《も》ゆる 小説 原《はら》敬《たかし》

定価1045円（税込）978-4-408-55924-7

南部藩士の子に生まれ、明治維新後、新しい国造りを志した原健次郎が総理の座に就くまでには大きな壁が。〈平民宰相〉と呼ばれた政治家の生涯を描く大河巨編。

吉田雄亮

大奥お猫番

書き下ろし

定価814円（税込）978-4-408-55927-8

伊賀忍者の御曹司・服部勇蔵。大奥で飼われている猫にかかわる揉め事を落着する〈お猫番〉に任じられるやいなや、側室選びの権力争いに巻き込まれて——。

葉月奏太

癒しの湯 人情女将《おかみ》のおめこぼし

書き下ろし

定価869円（税込）978-4-408-55922-3

ある日突然、親友が姿を消した——。札幌で働く平田は、友人の行方を追って、函館山の温泉旅館を訪れる。鍵を握るのはやさしい女将。温泉官能の超傑作！

睦月影郎

美人探偵 淫ら事件簿

いきなり文庫

定価979円（税込）978-4-408-55926-1

作家志望の利々子は、ある事件をきっかけに恩師とともに探偵事務所を立ち上げ、調査を開始。女子大生や人妻が絡んだ事件を淫らに解決するミステリー官能！

推し本、あ

月村了衛
ビタートラップ

上質な苦味と甘さ

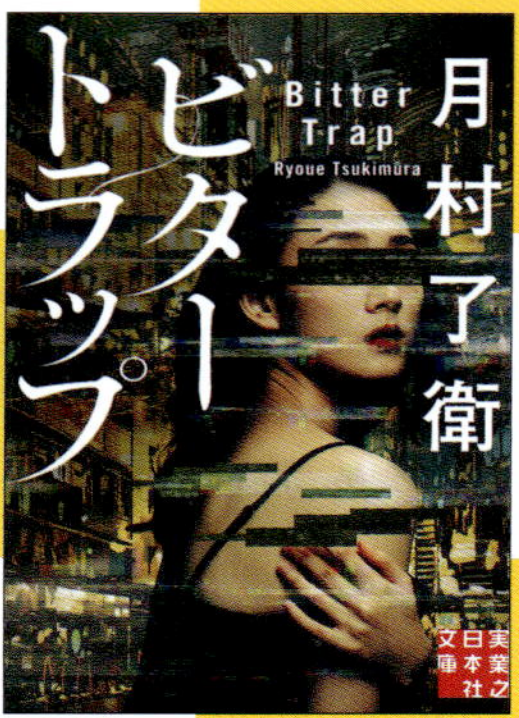

普通すぎるふたりの普通じゃない恋愛冒険譚！

「私はハニートラップ」。公務員の並木は、恋人から突然、告白される。何が真実で、誰を信じればいいのか。恋愛×スパイ小説の極北。

定価**759**円（税込）978-4-408-55921-6

石田祥
にゃんずトラベラー

書き下ろし

かわいい猫には旅をさせよ

京都伏見のいなり寿司屋「招きネコ屋」に預けられた子猫の茶々がなぜか40年前にタイムスリップ!? 猫仲間、人間との冒険と交流を描く猫好き必読小説。

定価**825**円（税込）978-4-408-55919-3

実業之日本社文庫
初登場!!

※定価はすべて税込価格です（2024年12月現在）13桁の数字はISBNコードです。ご注文の際にご利用ください。

お登勢が黙然と顎を引いた。

「この足で、お屋敷へ向かいます」

告げて勇蔵が、お登勢に頭を下げた。

背中を向けるや、小脇に木箱を抱えて勇蔵が走り去る。

みるみるうちに遠ざかる勇蔵の後ろ姿を、お登勢たちが身じろぎもせず見送っている。

第六章　異常な執念

一

七ツ口は、夕七つ（午後四時）になると広敷伊賀衆七ツ口番によって、閉められる。開けられるのは朝五つ（午前八時）であった。

それだけではない。

七ツ口は、二六時中、広敷伊賀衆の手の者で、密かに見張られていた。広敷伊賀衆配下の勇蔵には、いつ何者が大奥に出入りしたか、必要なときにいつでも情報が手に入る状況がととのっていた。

切手番所に詰める切手番頭以下の役人が、切手御門であらためた大奥への通行証ともいうべき切手を、七ツ口で再度あらためるのが御切手書の役目である。

御切手書として、お夏が送り込まれていた。

お夏に訊けば、七ツ口を通行した者の姓名、身分など、細かく知ることができる。

今後、大奥の御年寄、御中﨟ら奥女中たちがからんだ事件を調べることになる勇蔵にとって、七ツ口番とお夏は頼りになる仲間であった。


お登勢から小鞠をいれた木箱を預かったときに、様子を窺っていたとおもわれるお吟は、小鞠が倒れ、死んだと思われることと、骸を入れた木箱を勇蔵が預かったことを、直ちに竜川に知らせるだろう。

報告を受けた竜川は、間を置くことなくお登勢の部屋に乗り込み、

「小鞠を寄越せ」

と迫り、小鞠が息絶えたことと、お登勢の二親に小鞠を葬ってもらうために、小鞠の骸を勇蔵に預け、生家に届けてくれるように頼んだことなどを聞き出すまで、執拗に責め立てるはずであった。

お登勢には、

「粘りに粘った後、できれば夕七つ過ぎに、仕方なく白状した様子を装って、二

親様に小鞠を葬ってもらうために、お猫番に小鞠の骸を入れた木箱を預けた、と話すように」

とつたえてあった。

勇蔵は、

（竜川は、小鞠は眠り薬を使って眠らされただけ、と推断し、気脈を通じた大身旗本に命じて、本所南割下水《ほんじょみなみわりげすい》にある高岡利右衛門の屋敷を探らせ、見張らせるだろう）

と推察していた。

竜川は、小鞠が生きていることを突き止め、小鞠を捕らえるか、手に余れば殺して、小鞠の骸をお登勢に突きつけ、自分の目的のためには、いかなる策謀も巡らす油断ならぬ女、との噂を大奥内に広め、今度は御年寄の千島に、

「そのような性悪な女を、上様に御目見得させるおつもりか。何と不見識な」

と言いがかりをつけ、千島からお登勢に、

「御目見得を辞退するべきであろう」

と言い含めさせよう、と画策するに違いない、と考えていた。

（後一刻ほどで夕七つ。七つを過ぎたら、竜川様はもちろん、使いの者も大奥か

らは出られない。竜川様といえども、今日は動けないだろう。できるだけ早く高岡様の屋敷を訪れ、事の経緯をつたえて乳母の住まいを教えてもらい、夜の帳が降りる前に乳母を訪ね、今日のうちに小鞠を預ける）

と決めてもいた。

お登勢が疑似毒薬を飲ませたのは、おそらく昼過ぎだろう。小鞠が息を吹き返すまで一昼夜、早くても明日の昼過ぎまで待たなければならない。勇蔵は、それまでの間、

（乳母の住まいに泊まり込むしかない）

と腹をくくっていた。

伊賀衆詰所にもどった勇蔵は佐々に声をかけ、お猫番用部屋で向後《こうご》の段取りを伝えた。

「今から留守にする。餌やりの手配を頼む。明日の夕七つ過ぎにはお猫番用部屋にもどるが、七ツ口番に、どこの誰が大奥へ出入りしたか、訊いておいてくれ」

気になったか、佐々が訊いてきた。

「いよいよ動き出したのですね。我々お猫番だけで、処置しうる一件ですか」

「なるべくお猫番だけで落着したい、とおもっている。新たな上様の側室選びの御庭御目見得をめぐって、御中臈お登勢様を推す御年寄千島様、御中臈牧江様を推薦する御年寄竜川様が競っている。いまのところ仕掛けているのは竜川様だが、千島様も近いうちに動きだすだろう」

応じた勇蔵に、佐々が問いを重ねた。

「私だけが動くのですか。それとも井沢と木津にも声をかけておきますか」

「探索に仕掛かると、餌やりなどがおろそかになるおそれがある。どういう動き方をするか、三人で話し合って、決めておいてくれ」

「承知しました。今日のうちに話し合います」

「今日からおれは、当分の間、餌やりなど、いままでやっていた仕事ができなくなる。すでに、お猫番が扱う初めての事件にかかわる探索が始まっているからだ。が、一件を調べている、という理由で餌やりなどの仕事をおろそかにするわけにはいかぬ」

告げた勇蔵に、

「心得ております。心置きなく探索に励んでくだされ」

佐々が応じた。

「これから小鞠を入れた木箱を持って、高岡様の屋敷へ向かう」

傍らに置いてある、木箱をくるんだ風呂敷包みを手に取り、小脇に抱え直して、勇蔵が立ち上がった。

二

一刻（二時間）後、勇蔵は高岡の屋敷の門前にいた。伊賀忍法の早足の術を身につけている勇蔵は、常人が必要とする時間の半分程度で到着したのだった。

「広敷伊賀衆お猫番の服部勇蔵と申す者、お登勢様から頼まれて参りました。お登勢様から高岡様に宛てた書状を預かってきております。お取り次ぎください」

表門の門番詰所の物見窓越しに声をかけた勇蔵は、木箱から取り出し、懐に入れておいた書状を、窓を細めに開けた門番に差し出した。

「暫時お待ちください」

書状を受け取った門番は、そう言って物見窓を閉めた。

ほどなくして、表門の潜り口の扉が内側から開けられた。

顔を覗かせて、門番が声をかけてきた。

「ご案内します。お入りください」

扉を開けて、躰をずらす。

無言でうなずいて、勇蔵が足を踏み出した。


接客の間で、勇蔵は高岡利右衛門や妻女と向かい合って座っている。

勇蔵が、上様の新たな側室選びの候補として、御年寄千島推薦のお登勢と、御年寄竜川の推す牧江が、近々御庭御目見得にのぞむこと、竜川が、お登勢が御庭御目見得を辞退せざるを得ないような状況に追い込むべく画策していること、お登勢の飼い猫小鞠が、お登勢に嫌がらせを仕掛ける竜川に抗って飛びかかり、引っ掻いて傷つけたこと、そのことを種に竜川が、不埒な小鞠を処罰するので渡せ、骸でもかまわぬ、と部屋へ押しかけて迫っていることなどを、高岡たちに話して聞かせた。

話が終わったところで、高岡利右衛門が訊いてきた。

「書状には、小鞠は一昼夜の後には息を吹き返すので、乳母のお徳《とく》に預けて、面倒をみてもらいたい。お猫番殿にお徳の住まいを教えてほしい、と記してあったが、小鞠は、私たち夫婦で飼ってもいいのだが」

「竜川様は、権勢欲が強く、野心満々で執念深いお方です。死んだことになっているが、小鞠は必ず生きている、と推察されて、気脈を通じた旗本のどなたかに命じて、この屋敷に見張りをつけるはず」

応じた勇蔵に高岡が、問いを重ねる。

「竜川様は、大奥内で、小鞠が本当は生きていたことを言い立て、生きたまま捕らえた小鞠か、骸を晒して、謀《はかりごと》好きの油断ならぬ女、とお登勢の悪い噂を言い立て、大奥に居づらくなるように仕向けていく。服部殿はそう推測しておられるのだな」

「それだけではありませぬ。謀に加担した高岡様にも、親しい若年寄や大目付と計って、なんらかの嫌がらせを仕掛けてくるはず。狙った相手はとことん追いつめて、完膚《かんぷ》なきまで打ちのめすのが、私がいままで耳にした竜川様のやり口です」

うむ、と首を捻って高岡が黙り込んだ。

しばしの沈黙があった。

高岡が口を開いた。

「乳母のお徳は、小間物問屋和泉屋喜兵衛《いずみやきへえ》の後添えにおさまっている。和泉屋は、私が伝手を頼って、幕閣に働きかけ、大奥御用達の商人になった。一年前に先妻が病で急死した折り、私にお徳を後添えとして迎えたい、と申し入れてきた。お徳に訊いたら、否とはいわなかったので話をすすめた。お登勢はすでに大奥に奉公していたので、お徳がどこに住んでいるのか知らないのだ」

「そういうことだったのですか」

こたえた勇蔵だったが、胸中では、

(新たな火種ができた。竜川様は、小鞠が和泉屋に預けられ、生きていることを知ったら、和泉屋追い落としの材料に小鞠を使うかもしれない。和泉屋のかわりに別の小間物問屋を大奥御用達にしてやれば、竜川様には巨額の口利き賃が入ってくる。和泉屋の存在を竜川様一派に知られないように、何らかの手立てを講じなければならぬ)

そうつぶやいていた。

高岡が話しかけてきた。

「わしがお徳宛てに添え状を書いてやろう。お登勢からの書状と合わせて、お徳に見せれば、お徳は二つ返事で小鞠の世話を引き受けてくれる」

「願ってもない話、よろしくお願いいたします」

頭を下げた勇蔵に、

「お徳は、下谷池之端《したやいけのはた》に店を構える和泉屋の奥に住んでいる。和泉屋までの道筋の絵図も描いてやろう。ここで待っていてくれ」

立ち上がった高岡を見て、

「それでは、あたしも行かせてもらいます。小鞠のこと、何とぞよろしゅうお頼み申します」

と会釈して、妻女が腰を浮かせた。

「委細承知しました」

勇蔵が応じた。


大奥の、中臈にあてがわれた部屋で、お登勢とお道が向かい合っている。

「いましがたお吟がもどってきました。わたしを見るなり、顔を背け、二階のお付きの女中たちの部屋へ上がっていきました」

報告したお道に、

「おそらく竜川様のところへ出かけていたのであろう。証がないので、咎めて追い払うわけにもいかぬ」

「我慢していただくしかありませぬ。騒ぎ立てたら、かえって竜川様の思う壺。嵩《かさ》にかかって、いままで以上の嫌がらせをされます」

「そうであろうの」

溜息をついて、お登勢が目を閉じた。

目の端から、涙が一粒零れ落ちた。

「お登勢様、気になるのですね、小鞠のことが」

指先で涙を拭って、お登勢が独り言ちた。

「わたしはこの手で、小鞠を殺したのかもしれぬ。お猫番殿のことばどおり、小鞠が息を吹き返すとは、とても思えぬ。薬を飲んだ後、よろめき倒れて、手足を痙攣《けいれん》させた小鞠の姿が、脳裏に焼き付いて離れないのじゃ。わたしは、わたしは、何てことを。小鞠、許して、許しておくれ」

嗚咽《おえつ》を漏らして、お登勢が肩をふるわせた。

「お登勢様」

つぶやいたお道が、潤んだ目でお登勢を見つめている。

三

高岡の屋敷を出た勇蔵は、表門の前に立ち、周囲を見渡した。つけている者の気配はなかった。

無言でうなずいた勇蔵は、小脇に抱えている風呂敷包みを抱え直し、下谷池之端へ向かって足を踏み出した。

和泉屋は、大奥御用達の名にふさわしい、目を見張るほどの品揃えと規模を備えた大店だった。

勇蔵が店に足を踏み入れると、揉み手をしながら笑みをたたえた手代が近寄ってきた。

「どなたかへの贈り物ですか。年格好などを教えていただければ、よさそうな品をご案内できますが」

話しかけながら、勇蔵を上から下まで品定めしている。

場違いな客と思っているのは明らかだった。

買い物にきたわけではない。勇蔵は単刀直入に告げた。

「高岡様から聞いてきた。お徳さんに取り次いでくれ。これは高岡様からの添え状だ」

懐から書状を取り出し、差し出した。

手代の目から探る眼差しが消えた。

書状を受け取り、あらたまった口調で応じた。

「すぐ取り次いでまいります。お待ちください」

あわてて背中を向け、店の奥へ入っていった。


奥の座敷で、お徳と勇蔵が座っている。向き合うふたりの間に、ほどいた風呂敷包みを敷物代わりに、小鞠を入れた木箱が置いてあった。

お登勢から高岡利右衛門に宛てた書状を読み終わって、お徳が顔を上げ、勇蔵に問いかけた。

「その箱に小鞠が入っているのですか」

「そうだ」

こたえて、勇蔵が蓋を開けた。

なかに、手足を伸ばしたままの小鞠が横たわっている。

覗き込んだお徳が、一瞬、眉をひそめた。

怪訝そうな面持ちで訊いてきた。

「あたしには、死んでいるようにみえますが、ほんとうに生きているのですか。息を吹き返すのですか」

「触ってみればわかる。小鞠の躰は温かい」

おずおずと手をのばして、お徳が小鞠の躰に触れた。

「ほんとだ。ほの温かいし、躰も固くなっていない」

笑みをたたえて、勇蔵が応じた。

「伊賀忍法に伝わる秘薬を、またたびにまぜて飲ませた。一昼夜眠りつづけた後、息を吹き返す」

「本当ですか。お登勢お嬢様からの書状に、あたしに小鞠の面倒をみてもらいたい、と書いてありました。猫は嫌いではありません。あたしの飼い猫として、面倒をみます。お登勢様から頼まれて飼うことにした、と伝えれば、夫は二つ返事で、了承してくれると思います。ただ」

溜息をついて黙ったお徳に、勇蔵が鸚鵡返しした。

「ただ？」

「一昼夜たっても、小鞠が息を吹き返さないときは、どうすればいいのでしょうか。あたしには皆目見当がつきません」

「言いそびれていたが、そのときのために拙者を一晩、この家に泊めてもらいたい。下男部屋でもかまわぬ。明日、出直してこようかとも考えたが、早めに小鞠が目覚めたときにそなえて、拙者がいたほうが何かと好都合だと思うのでな」

　ほっ、と安堵の笑みを浮かべて、お徳が言った。

「そうしていただけると、ありがたいかぎりです。客間を用意しますので、是非泊まってくださいませ。大奥での、お登勢お嬢様の暮らしぶりなど、話していただければ嬉しいです」

「遠慮なく」

　破顔一笑して、勇蔵がこたえた。

　出先から帰ってきた和泉屋の主人喜兵衛も、客間に顔を出して、

「お登勢様の書状を読ませていただきました。小鞠は、お徳とともに私どもの飼い猫として世話をさせていただきます。必要なものは、何でも言いつけてくださ

い」

　と勇蔵にいい、お徳に、

「あとはよろしく頼むよ」

　と言い置いて、部屋から出て行った。

　勇蔵とふたりになったお徳は、

「大奥でのお登勢お嬢様の様子など、話してくださいますか。とくに小鞠を手放さざるを得なくなった経緯などを知りとうございます」

　と身を乗り出したのだった。

「お徳さんには、隠し立てする必要はないだろう。いまお登勢様は厳しい状況におかれている」

　勇蔵が、上様の新たな側室の候補としてお登勢と牧江のふたりが、それぞれ年寄千島と竜川の推挙で、近々御庭御目見得にのぞむことになっている、と告げた後、お徳が不安げに訊いてきた。

「御年寄の竜川様は、大奥内で権勢を欲《ほ》しいままにしようと画策されている。御年寄・千島様は、竜川様にとって目の上の瘤《こぶ》のようなお方、と主人から聞いたことがあります。お登勢お嬢さまは、おふたりの争いに巻き込まれているのではないのですか」

さすがに大奥出入りの商人の女房だった。大奥内の噂話は、耳に入っているようだった。

「その通り。お登勢様は、竜川様の千島様追い落としの道具として利用されている。小鞠は、竜川様のお登勢様へのあくどい嫌がらせを感じ取って抗い、飛びかって竜川様に爪を立てて引っ掻き、傷つけてしまったのだ」

応じた勇蔵に、お徳が問いを重ねた。

「竜川様は、小鞠のしでかしたことにつけこみ、お登勢お嬢様への嫌がらせを激化させているのですね」

「わらわを傷つけた小鞠を成敗しろ。成敗できぬのなら渡せ。始末してくれる、と厳しく詰め寄られていた。それで」

「それで、小鞠に、一時的に死んだように見える秘薬を飲ませ、あたしのところへ運んでこられたのですね」

おおかたの流れを察したのか、お徳が応じ、つづけて独り言ちた。

「竜川様がお登勢お嬢様に意地悪をされるのは、うちの店とかかわりがあるのかもしれない」

常人なら聞き取れぬほどの小さな声だったが、忍びの修行を積み、猫の鳴き声の調子で、その時々の、猫の心身の状態を見極めることができる聴力を有している勇蔵だからこそ、聞き漏らさなかったことばだった。

声をひそめて、お徳がつづけた。

「ご存じのとおり、小間物問屋和泉屋は大奥御用達の店でございます。和泉屋が大奥へ出入りできるようになったのは、お登勢お嬢様の父上のご尽力があってのこと。先妻を亡くした主人があたしを後妻に迎えたのは、高岡の旦那様とのかかわりを深めたいためでもあります」

いったんことばを切ったお徳が、首を傾げてつぶやいた。

「幕閣のどなたかが竜川様に働きかけ、大奥御用達の小間物問屋を和泉屋から、新たな小間物問屋に切り替えるべく、動いておられるのかもしれません。大奥御用達になってから、商いの高は桁違いに増えた、と主人も言っておりました。高岡の殿様にも応分の謝礼をしたようです」

話を聞きながら勇蔵は、

(小間物問屋にかぎらず呉服問屋、太物問屋などの衣類や装飾品、化粧にかかわる品を扱う商人にとって、大奥は、まさしく金のなる木なのだ)

そう判じ、同時に、

（竜川様とかかわりの深い幕閣の重臣や商人たちを、徹底的に洗い出してみるか）

と、胸中でつぶやいていた。

四

夜具の枕元に小鞠を入れた木箱を置いて、勇蔵は和泉屋に泊まり込んだ。

翌朝目覚めたときから勇蔵は、木箱に横たわる小鞠を眺めつづけている。

お徳が運んできてくれた御膳に載せられた朝飯を食べているときも、勇蔵は小鞠に視線を走らせ、様子を窺った。

いつ目覚めるか分からない。

気がつく素振りをみせたら、またたびをくるんだ紙包みを開いて、小鞠の鼻先に突きつけてやろう、と思って、懐に入れてある。

猫の大好物の、またたびの臭いを嗅がせることで、早く息を吹き返すきっかけになるかもしれない、と勇蔵は考えていた。

気になるのか、お徳もちょくちょく顔を出しては、

「まだ気づきませんか」

と訊いてくる。

その都度、勇蔵は、

「まだだ」

とこたえて、小鞠を覗き込んだ。

そんなことが、何度か繰り返されていた。


昼前に顔を出したお徳が、襖を開け、廊下から、

「そろそろ昼ご飯にしますか」

と、声をかけてきた。

「小鞠は、まだ眠っている」

応じて、勇蔵が小鞠に目を向けたとき、異変が起きた。

頬に沿うように、力なくだらりと垂れていた小鞠の口の周りの髭が、ぴくりと動いたのだ。

「髭が、動いた」

無意識のうちに勇蔵は声を発していた。

「小鞠の髭が」

身を乗り出したお徳を見向きもせず、勇蔵が、懐からまたたびを入れた紙包みを取り出した。

開いて、またたびを載せた紙を小鞠の鼻先に押しつける。

次の瞬間、小鞠の髭が、ぴくりと動いた。

四肢が小刻みに震える。

「息を吹き返した」

勇蔵が声を上げた。

「ほんとですか」

音を出さないように、お徳が部屋に入り込むのと、小鞠が鼻と口をまたたびにくっつけるのが、ほとんど同時だった。

目を閉じたまま、小鞠はまたたびを貪り食っている。

小鞠は、ほぼ一昼夜、何も食べていない。腹を空かせているのだろう。

紙に包んであったまたたびを、瞬く間に食べ尽くし、小鞠は目を見開いて、大きな欠伸をした。

木箱いっぱいに四肢を伸ばし、躰をのけぞらす。

窮屈だったのか、むっくりと起き上がり、木箱から出て、畳に降り立った。

まだ眠気が抜けないのか、すぐにだらりと横たわる。

そんな小鞠を、勇蔵とお徳が食い入るように見つめている。

小鞠に目を向けたまま、勇蔵が告げた。

「餌を、小鞠の餌を用意してくれ。食べ残していいから、できれば魚を混ぜたものをつくってほしい。のども渇いているはず。いますぐ水を持ってきてくれ」

「わかりました。すぐ用意します」

小鞠に目を注いだまま、お徳が立ち上がった。


小鞠が息を吹き返し、水を飲んで、お徳が運んできた餌を食べているのを見届けて、勇蔵は和泉屋を後にした。

お徳には、

「此度の一件が落着するまで、できるだけ小鞠を人の目に触れないようにしてくれ。竜川様は、執念深いお方。小鞠はどこぞで生きているかもしれぬ。草の根を分けても探しだすのじゃ、と息のかかった旗本たちに命じて、追及の手をのばしてくるはず。万が一にも、小鞠が竜川様の手の者の網の目に引っかかり、捕らえられでもしたら、大変なことになる。お登勢様はもちろん、高岡様や和泉屋にも凶事が降りかかるかもしれぬ」

と言い置いてある。

お徳も、

「心得ております。小鞠は、奥庭で遊ばせ、奥から外へは出しません」

と顔を強ばらせてこたえていた。

(下手をすれば、和泉屋の身代にもかかわりかねぬこと。お徳は、十分、そのことをわきまえている。警戒を怠るまい)

そう思いながら、勇蔵は千代田城へ向かって足を速めた。

勇蔵が広敷伊賀衆詰所へもどったのは、暮六つ(午後六時)をとうに過ぎたころだった。

お猫番用部屋に入ると、佐々がひとり、座っていた。

勇蔵の顔を見るなり、声をかけてきた。

「そろそろ帰られる刻限と推測し、待っておりました」

佐々と差し向かった勇蔵が、問いかける。

「竜川様に、動きがあったのだな」

「七ツ口番が、昼前に竜川様お付きの女中が出かけた、と知らせてくれました。もどってきたら、知らせてくれる約束になっています」

「まだ、もどってきたとの知らせはないのだな」

「そうです。七ツ口は閉まりました。もどるのは、明日でしょう」

うむ、と首を傾げて、勇蔵がつぶやいた。

「出かけた女中の名は、お夏に訊けばわかるだろう。出かけた理由は、親族に凶事が起こったので、急遽お宿下がりを許された、となっているであろうが、おそらく竜川様の息のかかった大身旗本へ、使いに出されたのだ。竜川様は、お吟から小鞠について報告を受けている。おれが、高岡様の屋敷へ小鞠を届けたことも知っている」

顔を上げて佐々を見つめ、ことばを重ねた。

「すまぬが、これから木津か井沢に声をかけ、ふたりで高岡様の屋敷を張り込んでくれ。竜川様の依頼を受けた何者かが、小鞠の生死をたしかめるべく、高岡様の屋敷を探りにくるはずだ」

「もし探りにくる者がいたら、そ奴が引き揚げるときに後をつけ、誰の屋敷にもどるか突き止めるのですね」

「そうだ。おれは、これからお夏へ知らせ文を書いて、届ける。そのあと、切手番所に行き、竜川様宛てに、誰から贈答品が届けられているか、竜川様が誰に送っているか、調べてくる」

「切手番所の番士たちに協力してもらうためには、館野様に同道してもらうか、協力依頼の書状を書いてもらったほうが、いいかもしれません。番頭のなかには、やたら手続きの筋道にうるさい者もおりますから」

「わかった。そうしよう」

応じた勇蔵に、

「この刻限だと、井沢が長局寄りの餌場付近にいるはず。ここからは、さほど離れていません。井沢に声をかけて、その足で高岡様の屋敷へ向かいます」

言うなり佐々が、脇に置いてある大刀を手にとった。

五

長局の御中臈の居間で、お登勢とお道が差し向かいで話している。

首を傾げて、お登勢が口を開いた。

「お吟は小鞠のことを知らせたはず。なのに、昨日も今日も、竜川様は押しかけてこない。竜川様の気性からみて、密かに何かを企んでいるとしか思えない。おそらく父上の屋敷には、見張りがついているはず」

「お吟は何食わぬ顔で、仲間の女中たちと過ごしております。竜川様に通じている証さえ手に入れば、お吟をここから追放することができますのに、口惜しいかぎりです」

応じたお道に、お登勢が言った。

「お吟を追放したら、竜川様は、そのことを取り上げて、いままで以上の嫌がらせを仕掛けてくるに違いない。いまは、我慢するしかない」

溜息をついて、お登勢がことばを重ねた。

「お猫番からは、何の知らせもない。息をしていないように見えたが、小鞠の躰は温かかった。木箱に入れたときは、だらりとしていて、気を失っているだけのように思えた。が、その後のことは、わからぬ。小鞠は、もう生きていない。そんな気がする」

「お登勢様。小鞠のことは、口に出さぬほうがよろしいかと」

小声でたしなめて、お道が襖のほうへ目を向けた。

唇を噛みしめたお登勢が、

「壁に耳あり障子に目あり。気をつけねば」

ぼそっと、一声もらした。

勇蔵は、

〈つつがなく完了。明朝、七ツ口に行く〉

とだけ記した知らせ文を、庭石の下に隠し置き、周囲を見渡した。

人の姿も、気配もないことを見極めた勇蔵は、伊賀衆詰所へ足を向けた。

佐々とともに、高岡利右衛門の屋敷を張り込むために出かけた、井沢の担当する餌場を回るために、勝手に保管してある餌袋を手にして、勇蔵は伊賀衆詰所を後にした。

雄猫たちに餌を与え終えて、お猫番用部屋へもどった勇蔵の目に、所在なげに座っている木津の姿が映った。

気づいて振り向いた木津が、声をかけてきた。

「佐々さんと井沢がいません。どこかへ出かけたのですか」

向き合って座りながら、勇蔵が応じた。

「急遽やらねばならぬことができてな。出かけてもらった」

「やらねばならぬこと？　何ですか」

問いかけてきた木津に、勇蔵が、お登勢と竜川にかかわる一件の顚末を、詳しく話した。

聞き入っていた木津が、

「お猫番の、本来の役目ともいうべき、大奥内で密かに起きている事件の探索が始まったわけですね」

ことばを切って、木津が首を左右に振って、つぶやいた。

「井沢が羨ましい。高岡様の屋敷を見張る役目、私がやりたかった」

笑みをたたえて、勇蔵が告げた。

「城中でも、やらねばならぬことが山ほどある。猫たちの世話をし、害獣たちの骸の始末をつづけながら、七ツ口番とこまめに連携して、七ツ口を出入りした者たちの名と身分、運び込まれた品、運び出された品が何か、誰が誰に贈答品を送ったのか、あらためつづけなければならない。時には切手門の番士たちに探りを入れることもある」

木津が応じた。

「うまく時を使い分けねばなりませんね。番頭が探索のため、猫たちの面倒や害獣の後始末をできなくなったら、ひとりですべてやらなければならない。躰が二つあっても足りないくらいの忙しさだ」

木津の顔は、やる気満々で輝いていた。


木津との打ち合わせを終えた勇蔵は、館野の用部屋を訪ねた。

前に控えた勇蔵に、上座にある館野が話しかけてきた。

「こんな夜分にやってくるには、尋常ならざる事件が起きた、ということだな」

「ことは、上様の新たな側室選びにからんだ一件です」

驚愕を露わに、館野が問い返した。

「上様の新たな側室選びにからんだ一件、と申すか。詳しく話してくれ」

「中臈お登勢様の飼い猫小鞠をめぐって、年寄竜川様が執念深く嫌がらせをつづけておられます。お登勢様は年寄千島様が、竜川様は中臈牧江様を推して、近々上様との御庭御目見得に臨ませようと動いておられます」

「千島様はともかく、竜川様がかかわっておられるのか。竜川様は大奥内を牛耳ろうと、さまざまな策を弄しているお方、厄介なことにならねばよいが」

渋面をつくった館野に、勇蔵が告げた。

「すでに厄介なことになっております」

「何っ、それはまことか」

「お猫番の佐々と井沢を動かして、すでに探索を始めています。ことの始まりは」

勇蔵は、竜川が牧江を上様の側室にするため、お登勢に御庭御目見得を辞退させようと謀略をめぐらし、行動していることなどを、館野に話して聞かせた。

聞き終えた館野が訊いてきた。

「小鞠は息を吹き返し、お登勢様の乳母だった和泉屋の女房が預かっていることと、お登勢様の父御、高岡様の屋敷に小鞠を葬ってもらうために預けた、と見せかけたことで、竜川様が何者かを動かして、高岡様の屋敷に小鞠が葬られているかどうかたしかめようとしている、ということはわかった。わしは何をすればよいのだ」

「佐々が七ツ口番から、竜川様付きの女中が出かけたことを聞いております。その女中は、まだもどっていないと思われます。女中の名は、お夏に訊けば、わかります。館野様にお願いしたいのは、竜川様にどこの誰が贈答品を贈ったか、竜川様が誰に贈答品を返したか、を調べるために、切手門の切手番所番頭に、我らの調べに協力してくれるように頼んでほしいのです。竜川様と深いつながりのある、幕閣の重臣たちの名を知るための動きです」

うむ、と首を捻った館野が、苦い顔付でこたえた。

「その頼み、わしの一存ではどうにもならぬこと。密かに留守居役に事の顚末を話し、留守居役を動かさねば、果たせぬことだ。明日にでも、広敷番頭の岡林様に会い、指図を仰ぐ」

「それでは、探索が後手に回ります。何とかなりませぬか」

「どうにもできぬ。後手にならぬよう、知恵を絞るのだ。よいな」

有無をいわせぬ館野の物言いだった。

「承知しました」

膝に手を置き、勇蔵が頭を下げた。

第七章　予期せぬ敵

一

陽は西に傾いている。

高岡の屋敷の表門から、お忍びの姿で武士が出てきた。年の頃は五十がらみ、色黒、分厚い大きな唇とげじげじ眉、細い目が四角い顔の中央に寄せ集まっているかのような顔立ちだった。猪首《いくび》で、がっちりした躰つきをしている。値の張りそうな小袖を身にまとっていた。家来とおもわれるふたりの若侍を従えている。ふたりともくだけた着流し姿だった。

武家屋敷のつらなる通りを歩を運んで、遠ざかっていく。

と……。

武士たちが出てきた表門を臨むことができる、武家屋敷の塀の陰から、ひとりの武士が出てきた。

佐々だった。

(井沢に声をかけてから跡をつけるべきだろうが、見失うおそれがある。武士たちが行き着く先を見届けるのが先だ)

胸中でつぶやき、足を踏み出した。


小半時（三十分）後、佐々は、とある武家屋敷の表門の前に立っていた。

門構えから見て、禄高数千石の大身旗本の屋敷と思われた。

佐々がつけてきた武士の供のひとりが、長屋門に設けられた門番詰所の物見窓に声をかけた。

潜り戸を開けた門番が、わざわざ外へ出てきて迎え入れたところから判じて、つけてきた武士は、屋敷の主なのだろう。

(切絵図に当たれば誰の屋敷かわかる。高岡様の屋敷へもどって、裏門を見張っている井沢に声をかけて引き揚げるか)

そう判じて、佐々は踵を返した。

夜四つ（午後十時）過ぎ、佐々と井沢は、お猫番用部屋で勇蔵と車座に座っていた。

三人の真ん中に、開いた江戸切絵図が置かれている。

切絵図を指でたどった佐々が、顔を上げて告げた。

「つけていった道筋を三度、指でたどりましたが、まず間違いありません。つけていった三人が行き着いた屋敷は、ここです」

指先で、切絵図に描かれた屋敷を突いた。

〈松浦内膳《まつうらないぜん》〉

と主の名が記してある。

「松浦内膳様は大目付《おおめつけ》。どんな用事で高岡様を訪ねたのか。よくわからぬ」

首を傾げた勇蔵に、佐々が言った。

「松浦様は若侍ふたりを従えた、お忍びの姿でした」

「高岡様は御納戸頭ふたりのうちの、収蔵買入を担当する元方。上様の手元にある金銀、衣服、調度の出納を管理し、上様が大名、旗本に下賜する品の一切を買い付けて、蔵などに納めておくのが仕事。高岡様には一度しか会ったことがないが、人柄からみて、仕事ぶりに疑念を抱かせるようなことがあったともおもえぬが」

　つぶやいた勇蔵に井沢が声をかけてきた。

「高岡様がどんな連中とかかわっているか、調べましょう」

　わきから佐々が声を上げた。

「高岡様とかかわりのある相手は、御納戸頭として、どこから品物を買い入れているか、千代田城内ですぐに調べられる。松浦様のほうが先だろう。おれと井沢のふたりしか動けないのだ。松浦様は大目付。大名、高家、朝廷を監察するのが務め。役目にかかわりのない、旗本の高岡様をお忍び姿で訪ねるには、それなりの理由があるはず。もっとも日頃から付き合いが深かったら、話は違ってくるが」

「高岡様と松浦様が仲がいいかどうか。お夏を通じて、お登勢様に訊けばすぐわかる。明日にでも、お夏に調べさせよう」

「よいところへ目をつけられた。それでは、私と井沢は、明日から松浦内膳様の身辺を調べます」

　応じた佐々に、勇蔵が告げた。

「そうしてくれ。明日も大忙しだ。そろそろ寝よう」

「それでは、これにて」

「引き揚げます」

相次いで声を上げ、佐々と井沢が腰を上げた。

二

翌日、雄猫たちへ餌をやるための餌場回りを終え、伊賀衆詰所へもどってお猫番用部屋に足を踏み入れた勇蔵を、思いがけない人が待っていた。

お夏だった。

いつもは老木の根元においてある庭石の下に、知らせ文を隠し置いて連絡を取り合っている。

勇蔵とお夏が二六時中かかわりを持っていることを、他人に知られないようにするために決めた方策であった。

が、その決め事を無視して、お夏がやってきた。

喫緊の事態が発生したとしか、考えられなかった。

「何があったのだ」

襖を後ろ手にしめながら、勇蔵が問いかける。

振り向いたお夏が、歩み寄る勇蔵に声をかけてきた。

「今朝方、七ツ口が開けられてすぐ、大目付・松浦内膳様が竜川様を訪ねてこられました」

「竜川様のところに、大目付の松浦内膳様がこられたというのか。まさか、そんなことが」

おもわず声を高め、向かい合って座った勇蔵に、訝しげに眉をひそめて、お夏が訊いてきた。

「松浦様のこと、何か心当たりでもあるのですか」

「ある」

こたえた勇蔵に、お夏が再び問うてきた。

「あるとは、どういうことですか」

「実は昨日、そちの父御と井沢に、お登勢様の実家、高岡利右衛門様の屋敷を見張らせたのだ」

お登勢が木箱に入れた小鞠を、実家に運んでくれるように勇蔵に頼んだことを知った竜川が、高岡の屋敷に小鞠がいるかどうか、たしかめてほしい、とかかわりの深い大身旗本に頼んだかもしれない、と推測して、佐々と井沢に高岡の屋敷の見張りを頼んだこと、表門を見張っていた佐々が高岡の屋敷から出てきた、お忍びの姿の大身旗本とおもわれる、若侍ふたりをしたがえた武士をつけていったこと、その武士が入っていった先は松浦内膳の屋敷だったことなどを、お夏に話して聞かせた。

聞き終えたお夏が、さらに訊いてきた。

「昨日、竜川様の使いで出かけたお女中が向かったのは、松浦内膳様の屋敷だったのでは」

「断定はできぬ。が、当たらずと雖《いえど》も遠からず、といったところだろう」

口調を変えて、勇蔵がことばを重ねた。

「おれの知らせ文のなかみを、お登勢様に伝えてくれたか」

「昨夜のうちに伝えました。お登勢様は、安堵したように微笑まれ、『それはよかった。父上も母上も、お変わりがなかったか。お猫番には、何かと世話になった。これからもよろしゅう、とつたえてくれ』と仰有いました」

「壁に耳あり障子に目あり、を意識してのおことば。お吟に、聞こえてもいい、とおもわれて発せられたことばだが、おれには、十分ことばに籠められた裏の意味は読み取れた」

「いまのことば、お登勢様に話しておきます」

「頼む」

微笑んで、勇蔵がさらに告げた。

「急いで七ツ口にもどったほうがいいだろう。なるべく人目につかぬように、気をつけて引き揚げてくれ」

「心得ております」

緊張した面持ちで、お夏がこたえた。


長局の竜川にあてがわれた居室で、竜川と松浦内膳が差し向かっていた。

お登勢や、飼い猫の小鞠との経緯を、くわしく松浦に話した後、竜川が言った。

「わらわは、小鞠はまだ生きている、とおもっている。登勢は、小鞠を可愛がっていた。わらわも飼っているが、猫は可愛い。部屋にもどってくれば、出迎えてくれるし、慰めになる。登勢の小鞠の可愛がりようからみて、突然死するようなものを食べさせるはずがない。小鞠はわらわに飛びかかってくるような、元気いっぱいの猫じゃ」

「密偵として登勢殿のもとへ送り込んでいるお吟は、何と申しているのですか」

松浦の問いかけに、竜川が応じた。

「お吟の話だと、突然、登勢の悲鳴が聞こえた。何事か、と登勢の部屋の隣室へ行き、聞き耳を立てたが、近寄って小鞠の様子をあらためることができなかった、と言っていた」

首を捻って、松浦が言った。

「竜川様が寄越されたお女中から話を聞き、昨日のうちに『近くにきたので寄ってみた』と理由をつけ、高岡利右衛門の屋敷に乗り込んだが、猫の声は聞こえなかったし、飼っている様子もなかった。小鞠の骸を邸内のどこかに埋めたのではないか、ともおもい、さりげなく『飼い猫がいると聞いたが』と探りを入れたが『当家では、いままで猫を飼ったことはありません』と即座に返答がありました」

今度は竜川が首をひねる番だった。

「面妖な話じゃ。お吟からは、小鞠を入れた木箱を、お猫番がお登勢から預かったのを盗み見た。登勢が腹心の女中に『お猫番に小鞠を託し、実家に届けてもらう』とひそひそ話をしていたのも盗み聞いた、と報告があった。高岡の屋敷に猫がいないはずがない」

「高岡の身辺を、早急に調べてみますか。お登勢殿が小鞠を届けさせようとした相手が誰か、見当がつくかもしれない」

「そうしてくだされ。上様の御庭御目見得の期日が迫っています。牧江を上様の側室に仕立て上げれば、寝間の睦言《むつごと》を武器に上様を説き伏せ、大奥御用達の店々を、われわれの息のかかった大店で固めていき、巨額の口利き賃をせしめるという目論見を実現させることができる。松浦様と口利き賃は山分けという約束。松浦様は、その金を幕閣の重臣たちにばらまき、若年寄、老中と一気に出世道を駆け上がることができまする」

「竜川様も大奥内で金をばらまき、筆頭格の御年寄に上り詰めることができます。何としても牧江の方を側室に仕立て上げねばなりませぬ。そのためには手段を選ばぬ、と決めております」

「わらわも同じ気持ちじゃ。万事抜かりなく、すすめましょうぞ」

「委細承知しております」

　松浦が、ふてぶてしい笑みを浮かべた。

松浦と竜川が話し合っていた頃、広敷の番頭用部屋で、上座にある岡林と館野が向かい合っていた。

館野から、

「お猫番の服部が、切手御門を出入りした者の名、荷物の送り主と受け取った相手を記した帳面をあらためたいので、岡林様に口をきいていただくか、同道して切手番所番頭に話をつけていただきたい、と申し入れてきました」

と切り出されて、岡林は苦虫を嚙み潰したような表情を浮かべた。

その場を、重苦しい沈黙が支配した。

黙した館野が岡林をじっと見つめて、話し出すのを待っている。

ややあって、岡林が軽く咳払いをした。

口を開く。

「そのこと、わしの一存ではどうにもならぬ」

「何とかなりませぬか」

「ならぬ理由は、広敷用人は若年寄、番頭のわしは留守居の支配下にあるからだ。同じ広敷役人でも、上役が違う。それぞれが各々の上役の許しを得なければならない。切手御門を仕切る裏門切手番所番頭は留守居支配下にある」

そこでことばを切って、岡林が館野を見つめた。

「お猫番のかかわっている探索は、上様の側室選び、大奥の年寄たちの権力争い、大奥御用達の利権に群がる大店の主人たち、利権に絡《から》んで口利き賃を得ようとする御年寄、大身旗本たちの暗躍がからみあっている一件だと推測できる。大奥から揉め事をなくすためにも、広敷用人や留守居と話し合う。時はかかるが、そうするしか手立てはない」

「それでは時がかかりすぎます。すべてが後手にまわり、謀略をめぐらす竜川様の狙いどおりに事が運ぶおそれがあります」

「わしには、ほかの手立てはない。よい手立てがあれば教えてくれ」

冷えた目で、岡林が館野を見据えた。

「咄嗟には、よい知恵は浮かびませせぬ」

無念そうに館野が唇を嚙みしめる。

「できるだけ早く、動いてみる。服部には、しばし待つように伝えてくれ」

告げた岡林に、

「そのまま、おことばどおり、伝えます」

応じて、館野が深々と頭を下げた。

三

勇蔵はあえてお夏に、

「高岡様と松浦内膳様は親しい付き合いをされているのか、お登勢様に訊いてくれないか」

と言わなかった。

竜川を訪ねてきたことで、松浦が何のために高岡の屋敷を訪ねたか、おおよその見当がついたことと、さらに、もうひとつ、お吟が聞き耳をたてている以上、お夏に、松浦と高岡の付き合いの深浅を聞き込ませたら、竜川に、お猫番たちが松浦について調べている、ということを知られるおそれがある、と判じたからだった。

(明日にでも高岡様を訪ねて、松浦様とどんな話をしたか聞き込もう)

そうも、考えている。

(岡林様との話し合いがどうなったか、気になる。館野様を訪ねてみるか)

おもいたって、勇蔵は腰を上げた。

伊賀衆組頭用部屋にやってきた勇蔵を、舘野は渋い顔つきで迎え入れた。

その様子から、勇蔵は、

（話し合いがうまくいかなかったのだな）

と推断した。

前に座るのを見届けて、舘野が口をひらいた。

「岡林様のところから、いましがたもどってきたところだ」

「お願いしたこと、いかがなりましたか」

結果を読み取っていることは、おくびにも出さずに勇蔵が問いかけた。

「しばし待つように、とのおことばであった」

「いつまで待てばいいのですか」

「大奥にかかわること、広敷用人の戸田様に相談し、了承してもらわねばならぬ。広敷番は留守居、広敷用人は若年寄の支配下。上役が二系統に分かれているゆえ、後々厄介なことにならぬよう、面倒だが、手続きの筋道を間違えぬよう慎重にすすめねばならぬ、と言われた。組織とは、そういうものだ。それ以上、話を詰められなかった」

「岡林様の返答を待つしかないですね」

あっさり応じた勇蔵に、安堵したのか、笑みをたたえて館野が告げた。

「お猫番の手助けをする者だが、伊賀衆詰所に詰める伊賀組番士みんなに、非番のときにお猫番の服部から声がかかったら協力するように、と伝えておく。やる気のない者は、わしが説得し、協力させる」

「心遣い、痛み入ります」

膝に手を置き、勇蔵が頭を下げた。


井沢は、千代田城の七ツ口近くにいた。

屋敷の表門から、登城の行列をととのえ、乗馬して出てきた松浦をつけてきたのだった。

大目付が登城する刻限は、昼四ツ（午前十時）と定められている。駿河台《するがだい》にある松浦内膳の屋敷から千代田城へは、ゆっくりすすんでも一刻（二時間）もかからない。

明六つ（午前六時）を告げる時の鐘が鳴り終わったばかりで、佐々と井沢は屋敷の門前に着いたばかりだった。

佐々たちは、手分けして松浦の屋敷の近所で聞き込みをかける予定だった。が、定めの刻限よりも早い松浦の登城に、佐々が、

「聞き込みは、おれひとりでやる。登城前にどこかへ寄るつもりなのかもしれぬ。松浦がどこに行くか、つけて見届けてくれ」

と言いだし、井沢が動いたのであった。

千代田城に入り下馬した松浦は、供も連れず、まっすぐに大奥へ向かった。声をかけて、松浦が七ツ口から大奥へ入っていった。大目付という役目柄、大奥に出入りする切手は、つねに所持しているのだろう。

ほどなくしてお夏が出てきて、伊賀衆詰所のほうへ向かって小走りに去っていた。

周囲に警戒の視線を走らせていたお夏の動きからみて、同役に断りなく出てきたのだろう。

井沢は、お夏に声をかけなかった。七ツ口番が近くに潜んで、見張っている。

七ツ口番は、井沢がいることに気づいているはずだった。

が、声をかけてくることはなかった。おたがい違った任務についている身である。たとえ町中で出会っても余計な声掛けはしない、というのが伊賀組の心得の

ひとつだった。

（松浦様が大奥の誰を訪ねてきたか、後でお夏に訊けば、分かる。とりあえず出てくるのを待ち、本丸に入るのを見届けた後、駿河台に向かい、佐々さんと合流しよう）

そう考えた井沢は、物陰に潜み、七ツ口をじっと見つめた。

出て行ってから半時（一時間）たらずで、お夏がもどってきた。

声をかけたのか、七ツ口が開き、お夏が入っていった。

ほどなくして、再び開けられた。

松浦が出てくる。

警戒する気配も見せずに、松浦が本丸へ向かって歩き出した。

物陰から出てきた井沢が、松浦をつけていった。

井沢が、松浦の姿が本丸のなかへ消えたのを見届けていたころ、長局のお登勢の部屋は、剣呑な様相を呈していた。

女中ふたりを従えた竜川が、足音高く乗り込んできたのだ。

「決着をつけにきた。納得できる話を聞くまで、梃子《てこ》でも動かぬ」

断りもなく、襖を開けて足を踏み入れた竜川が、凄まじい剣幕で、吠えたてたのだった。

声を聞きつけて、居間から出てきたお登勢の顔を見るなり、さらに居丈高に怒鳴りつけた。

「登勢。飼い猫も飼い猫なら、飼い主も飼い主じゃ。なぜ、わらわに嘘をつく。小鞠はどこにいるのじゃ。なぜ、小鞠は死んだ、などと大嘘をつくのじゃ」

竜川の前に立ち塞がったお登勢が、声を高めた。

「何を仰有っているのか、わけがわかりませぬ。わたしが大嘘をついたなどと、そのような暴言、いかに竜川様といえども聞き捨てなりませぬ。言いがかりは、迷惑でございます」

「言いがかりではない。そなたの父、高岡様の屋敷を訪ねたお方から聞いたことじゃ。横たわった小鞠を入れた木箱をくるんだ風呂敷包みを持って、お猫番が父上、高岡利右衛門殿の屋敷を訪ねたことはわかっている」

「父上に小鞠の骸を葬ってもらうために、お猫番に頼んで、小鞠を屋敷へ運んでもらいました。小鞠は、もういませぬ。かわいかった小鞠は、もう二度ともどってきません。小鞠は死にました」

「まこと、死んだ、と申すのだな。この大嘘つきめが」

憎々しげにお登勢を睨みつけ、竜川が薄ら笑いを浮かべた。

その目の奥に、狙った獲物は必ず食い殺す、獰猛《どうもう》な獣をおもわせる、残忍で凍えきった光が宿っているのを、お登勢は見極めていた。

得体のしれない魔物を相手にしている。いいしれぬ恐ろしさが、躰の奥底から噴き上げてきた。

必死に、怖れを抑え込む。

「小鞠は、小鞠は、わたしの小鞠は、死にました。ここには、もう二度ともどってきませせぬ」

気力をふりしぼって発した、かすれきった声でお登勢がこたえた。

せせら笑って、竜川が告げた。

「語るに落ちる、とは、まさしく、いまのお登勢のことばじゃ。ここには、もう二度ともどってきませせぬ、と申したな。ここにはもどらずとも、どこぞで生きている、と言っているように聞こえましたぞ。この大嘘つきめ」

「そのようなこと、一言も言っておりませせぬ。大嘘つきとは、あまりにもひどい仰有りよう。御年寄といえども、許しませぬ」

「許しませぬ、とはよう言うた。上役に抗う証のことばじゃ。そう思っていると
わかったからには、虐めようがあるというもの」

くっつけんばかりに顔を近づけ、竜川がことばを重ねた。

「小鞠は生きている。わらわが、ここへ小鞠を連れてきてやる。せいぜい小鞠を
かわいがってやるがいい。大嘘つきの証の小鞠とともに、暇をとって大奥から出
て行くがよい。わらわは情け深い女、咎められることなく大奥から出られるよう
手配りしてやろう」

「竜川様、口が過ぎまする。お引き取りください」

見つめ返したお登勢が、抑えた声で応じた。声が震えている。

「ここを動かぬ。登勢が嘘をついたことを詫びるまで、ここに居座る」

「それは、あまりにも無体な」

「大嘘つきめ、まだいうか」

声を荒らげた竜川に、声がかかった。穏やかな声音だった。

「竜川殿、そこまでになさいませ」

声のほうを振り向いた竜川の顔が歪んだ。

「千島殿」

千島が廊下から座敷に足を踏み入れた。千島の背後にお道の姿がある。おそらく、居丈高にわめく竜川の目を盗んで、座敷から逃れ出て、千島のところへ騒ぎを知らせに走ったのだろう。

千島は決して美形ではないが、細面で、みるからに上品で優しげな顔立ちの、痩せてはいるが、御年寄という身分にふさわしい風格を備えた女だった。

歩み寄って、千島が告げた。

「竜川殿。お登勢はわたしの可愛い中臈。わたしに免じて、この場はおさめてもらえませぬか」

「しかし、それではわらわの気持がおさまらぬ」

睨《ね》めつけた竜川に千島が応じた。

「なら、わたしが、諍《いさか》いの相手をつとめましょう。こころゆくまで、ののしりあいましょうぞ」

柔らかな口調だったが、有無をいわせぬ強い意志が、音骨から感じ取れた。

ふう、と竜川が大きく息を吐いた。

千島から視線をそらして、竜川が吐き捨てた。

「千島殿と争う気はない。これにて、引き揚げさせていただく」

いうなり、踵を返した。

供をしたがえ、廊下を立ち去って行く竜川を、部屋から出てきた千島と、半歩後ろに立つお登勢が固くこわばった表情で見送っている。

四

武家屋敷が建ちならんでいる。

松浦内膳の屋敷近くにもどってきた井沢は、辻を右へ折れた。

瞬間、目に飛び込んできた光景に、驚愕し、足を止めた。

走ってきた佐々が、石にでもつまずいたか、転倒した。

追ってきたと思われる五人の武士が、佐々に覆い被さるように飛びかかる。

半ば反射的に井沢は、走りだしていた。

幸い、あたりに人の姿はなかった。

走りながら大刀を引き抜き、峰に返す。

駆け寄った井沢に躊躇はなかった。

佐々を押さえ込んでいた武士たちに、つづけざまに峰打ちをくれた。骨の砕ける、鈍い音がひびいた。

気絶した武士たちが、その場に俯せる。

大刀を鞘に納めた井沢が、武士たちに押し潰され、身動きできない佐々の手を摑み、引っ張り出した。

抱き起こす。

「すまぬ」

縋りながら、弱々しく声をかけてきた佐々に、

「逃げましょう」

肩に手をかけてきた佐々を抱えるようにして、井沢が小走りにすすんでいく。

ぐるりに警戒の視線を走らせながら、佐々を支えた井沢が走り出てきた辻を、左へ折れた。

勇蔵は、お登勢と密談をかわした池の曲がりなり近くの、低木の叢林に身を潜めている。

そこにいる経緯を、思い起こしていた。

再び、お猫番用部屋にやってきたお夏から、

「お登勢様が、いつも話し合う、池の曲がりなり近くへ来てほしい。急ぎ相談したいことがある、と仰有っておられるそうです。さきほど竜川様が、お登勢様の部屋へ凄い剣幕で乗り込んでこられた、とお道さんが言ってました」

「竜川様が」

その名を聞いたとき、勇蔵は、

（やってきた松浦様と竜川様の間で、新たな策が話し合われたのだ。その結果の動きとしか思えぬ）

そう判じていた。

「池の曲がりなり近くへ向かう。こちらから声をかけるので、いつものように池を眺めている風を装って、池の周りを歩いてもらいたい、とお登勢様に伝えてくれ」

とお夏に告げ、引き揚げさせたのだった。

ほどなくしてお道を供にお登勢がやってきた。

「お猫番、すでに参っております。相談ごとをお話しください」

勇蔵が声をかけると、お登勢が立ち止まった。

池を眺めたまま、応じる。

「竜川様は部屋に入ってくるなり、いきなりわたしを『大嘘つきめ』とののしられました」

「なにゆえ大嘘つきと」

問いかけた勇蔵に、

「わからぬ。ただ、いやに自信ありげに『小鞠は生きている。わらわが、ここへ小鞠を連れてきてやる』と言われました」

こたえたお登勢に、勇蔵が問いを重ねる。

「ほかには何を」

「小鞠を連れてきたら、大嘘つきの証の小鞠とともに、暇をとって大奥から出て行くがよい。わらわは情け深い女、咎められることなく大奥から出られるよう手配りしてやろう、と勝ち誇った様子で言い放たれました」

よほど悔しかったのか、お登勢が声を高めかけた。

が、それも一瞬のこと。

懸命に感情を押し殺したのか、くぐもった音骨になった。

悔しさが溢れ出たお登勢のことばを聞いたとき、勇蔵は、

（暇をとって大奥から出ていくがよい、と言われたか。それが、いまの竜川様の狙いか）

胸中で、そうつぶやいていた。

「わたしは、どうすればよい。教えてくれぬか」

訊いてきたお登勢に、勇蔵が応じた。

「いままでどおり、小鞠は死んだ、と言いつづけてください。私のほうで、手を打ちます」

「わかった」

「この場から、離れてください。どこに人の目があるかもしれませぬ。あくまでも、気晴らしに散策に出たという様子で、立ち去ってください」

「吉報を待っておるぞ」

「お夏殿を通じて、報告いたします」

「頼りにしておるぞ」

告げて、お登勢が歩き出した。

お道が従う。

勇蔵は、お登勢たちの後ろ姿を見ていなかった。

その場を離れることなく、ぐるりに警戒の視線を走らせている。

しばし様子を窺っていた勇蔵は、身を低くしたまま林のなかをすすみ、伊賀衆詰所へもどった。

雄猫たちへ餌をやる刻限が迫っている。

餌袋を手に、勇蔵は餌場へ向かった。


お猫番用部屋にもどってきた勇蔵を、佐々と井沢が待っていた。

佐々の着ている小袖に泥がつき、袴が破れている。

気づいて、勇蔵が車座に座りながら、声をかけた。

「何があったのだ」

渋面をつくって、佐々が口を開いた。

「不覚をとりました。松浦様の屋敷近くで、松浦様にかかわる噂などを聞き込んでいたところ、誰か密告した者がいたらしく、突然、松浦様の家来たちに取り囲まれ『当家のことを聞き込んでいるようだな。なぜそんなことをする』と詰問され、押し問答になりました。隙をついて、逃げ出しましたが、石につまずいて倒れ、取り押さえられました」

井沢が、ことばを引き継いだ。

「登城すると思われる、つねの刻限より一刻ほど前に供を連れて屋敷を出た松浦内膳様に不審を抱き、佐々さんと相談の上、行く先を突き止めるべく跡をつけました。何と、松浦様は登城されたその足で大奥へ向かわれ、七ツ口より入っていかれました」

「そのこと、お夏が知らせてくれて、存じておる。松浦様は御年寄の竜川様を訪ねられたのだ」

「松浦様が竜川様を」

「松浦様が、昨日、高岡様を訪ねられたこととかかわりがあるのでは」

井沢と佐々が、相次いで声を上げた。

「わからぬ。松浦様とどんな話を交わされたのか、明日にでも高岡様を訪ねて、聞き出そうと考えている」

口をはさんで、井沢が言った。

「実は、お夏が七ツ口から出て行くのを、私は見ていたのです。あえて声はかけませんでした。お夏がもどってきて、ほどなくして松浦様が七ツ口より出てこられました。本丸へ入っていかれたので、私は佐々さんと合流すべく駿河台へむかったのです」

「おかげで助かりました。井沢がもどってこなかったら、私は捕らえられ、責め殺されていたかもしれませぬ。日々錬磨しておかねばならぬ、早足の術の鍛錬を怠っていたことが、石につまずいて転がる、という忍びの者にあるまじき、無様な結果を招いたのです」

深い溜息をついて、佐々がうつむいた。

じっと見つめて、勇蔵が告げた。

「おれも明日から探索に走り回る。佐々は、明日から木津と代わってくれ。雄猫たちに餌をやるのだ。人手が足りないときは、館野様に頼めば手配してくれる。館野様には、話をつけてある。餌作りと餌やり以外のときは、お夏からの知らせや館野様からの指図などを、おれに伝えるつなぎ役をつとめてくれ」

無念げに顔を歪めて、佐々が声を高めた。

「御曹司、私はまだ十分、動けます。これでも伊賀忍者の端くれ。探索が伊賀組本来の仕事。探索の務めから、外れたくないのです」

じっと佐々をみつめて、勇蔵が告げた。

「探索からはずすのではない。必要になったら声をかける。城内に巣くう害獣たちを駆除してくれる雄猫たちの世話をするのも、お猫番の重要な仕事。抜かりなく果たさねばならぬ。わかってくれ」

うなだれて、佐々が黙り込んだ。

ややあって、得心したのか、うむ、と大きくうなずいた。

「承知しました。御曹司の指図にしたがいます」

姿勢をただして、佐々が応じた。

五

餌やりからもどってきた木津が、車座に加わった。

「木津、明日から井沢とともに、下谷池之端に店を構える小間物問屋・和泉屋に張り込んでくれ。今朝、大目付の松浦様が竜川様を訪ねてきた。松浦様が大奥から引き揚げられた後、竜川様がお登勢様の部屋に乗り込まれ、一悶着《もんちゃく》あった」

勇蔵が、お夏を通じてお登勢から呼び出されたこと、乱入してきた竜川がお登勢を嘘つきよばわりしたこと、小鞠はどこかで生きている、との強い疑惑を抱いていることなどを一同に話して聞かせた。

聞き終えて、佐々が問うてきた。

「御曹司は、竜川様の話を聞いて、松浦様が高岡様にかかわりのある者のうち、お登勢様に関係の深い者を調べ上げ、小鞠がいるかどうか、片っ端から調べ始めるに違いない、と見立てておられるのですね」

「そうだ。松浦様は大目付、探索は手慣れたものだろう。すぐお登勢様が信頼している者の所在をつきとめられるはず。和泉屋にたどりつくのに、さほどの時はかからぬ」

こたえた勇蔵が、三人に視線を流して告げた。

「今の世では役立たずの伊賀忍法を、熱心に修行している馬鹿者たち、と伊賀組の仲間たちにも陰口をたたかれ、嘲笑されながら鍛錬してきた忍びの技を、存分に使いこなすときがきたのだ。さすが伊賀の忍び、張り込みの仕方も町奉行所の与力・同心たちとは大違い。こんなやり方があるのか、と驚かれるような、忍びの者ならではの張り込みをやってみせようぞ」

「知恵を振り絞って考えてみます」

「やりがいがあります」

やる気を溢れさせ、井沢と木津が相次いで応じた。

「よい手立てをおもいついたら、伝えよう」

わきから佐々が声を上げた。

一同を見やって、勇蔵が言った。

「館野様に伝えたいことがあるので、番頭用部屋へ行く。皆は、明日に備えてくれ」

佐々たちが無言で顎を引いた。


番頭用部屋で勇蔵と館野が、上座にある岡林と話している。

大目付の松浦内膳が竜川を訪ねてきたこと、昨日、お登勢の父・高岡利右衛門をお忍びの姿で松浦が訪ねてきたこと、突然の松浦の動きに不審を抱いた勇蔵が佐々と井沢に松浦の身辺を探るよう命じたこと、松浦の屋敷近くで聞き込みをしていた佐々が松浦の家臣たちに取り押さえられそうになったこと、さいわい井沢が近くにいて救け出したことなどを話した後、勇蔵がさらにことばを重ねた。

「それだけではありません。松浦様が引き揚げられた後、御年寄の竜川様が、お登勢様の部屋へ押しかけられ、口汚く罵《ののし》られたそうです。お登勢様お付きの女中が機転をきかせて、御年寄の千島様を呼びに行き、駆けつけられた千島様の仲裁で騒ぎはおさまりましたが、その後、密かに呼び出された私がお登勢様から聞いた話から推測するに、どうやら竜川様はお登勢様を大奥から追い出そうとして、策を巡らされているようで」

眉間に縦皺を寄せて、館野が応じた。

「大奥の風紀を取り締まるのが、広敷伊賀組の仕事。竜川様は、何が何でも推挙している中臈・牧江様を上様の側室に仕立て上げる気でおられる様子。推挙した中臈が上様の側室になれば、竜川様の大奥内での権勢がさらに強まるのは明らか。竜川様の強引なやり口は、これまでもしばしば問題を引き起こしてきた。どうしたものか」

首を傾げて黙り込んだ岡林に、勇蔵が声をかけた。

「先日、お願いしたこと、明日、果たせませぬか。切手御門に行き、番頭に談判して、帳面に当たることはできませぬか」

「そのこと、先日話した通り、わしの一存ではすまぬこと。広敷用人の戸田様の了承を取り付けねばならぬ」

「これは、あくまでも私の推測ですが、大奥御用達の小間物問屋・和泉屋は、お登勢様の父御・御納戸頭の高岡利右衛門様が推挙された店。竜川様がお登勢様を追い落とそうと画策されているのは、自分が推挙している牧江様を上様の側室に仕立て上げたいということだけではなく、和泉屋も追放し、かわって竜川様と松浦様の息のかかった店を大奥御用達にするためにも動かれているのではないかと」

「大奥御用達になれば、儲けは大きい。裏で、多額の口利き賃が竜川様や松浦様の懐を潤すに違いない。服部は、そう推断しているのだな」

「和泉屋だけではありませぬ。この際、大奥御用達の認許をはずせそうな店は、適当な理由をでっち上げて出入りを差し止め、竜川様と松浦様に、密かに口利き賃を出しそうな店に、新たに大奥御用達の権利を与えようと考えておられるのではないでしょうか」

苦虫を噛み潰したような顔をして、岡林が応じた。

「強欲極まる。竜川様の横暴、見過ごすわけにはいかぬ。昼四ツには、切手御門の仕事も一段落するだろう。その刻限に切手御門に押しかけよう。朝五つ半までに、ここへきてくれ」

「事前に戸田様の了解をとりつけなくてもよろしいのですか」

「かまわぬ。いま服部から聞いた話から判断して、あまり時はかけられぬ。広敷用人は、表と大奥の調整役のような役向き。大奥の風紀取締りとはかかわりのない職掌だ」

「しかし、それではおふたりの付き合いに罅《ひび》が入るのでは」

「かまわぬ。大目付の松浦様までからんでいる事態。ことが大事になる前に手を打たねばならぬ。つねならば広敷番頭、広敷用人とは連絡を取り合って、ことを運ぶべきであろうが、此度《こたび》は違う。悠長に、ことを筋道だててすすめようとする戸田様は、味方であるように見えるが、実体は敵みたいなものだ。予期せぬ敵ともいうべき存在なのだ」

無意識のうちに、勇蔵はうなずいていた。

「明朝、朝五つ半までに参ります」

こたえて、勇蔵が頭を下げた。

第八章　怪我の功名

一

　切手御門の、切手番所番頭詰所で、番頭・須藤勝治郎《すどうかつじろう》と向かい合って岡林、その斜め後ろ左右に館野と勇蔵が座っている。

「年寄・竜川様と大目付・松浦内膳様の間で贈り、贈られた品々について調べたい。切手番所であらためた品々を記した帳面を見せてほしい」

と申し入れた勇蔵に、須藤は困惑を露わに黙り込んだ。

　勇蔵はじめ岡林や館野も黙したまま、須藤が口を開くのを待っている。

　その場は重苦しい静寂に支配されていた。

　沈黙を破ったのは、岡林だった。

「五日後に、御庭御目見得が行われる。時が惜しいのだ」

穏やかな口調だったが、厳しいものが音骨に含まれていた。

聞いた瞬間、須藤が生唾を飲み込んだ。

「上様が御庭御目見得される中臈に、竜川様がからんでいる。そういうことですか」

横から館野が声を上げた。

「竜川様は、何かと面倒なお方。何か起きる前に手を打ちたいのだ。万が一、御庭御目見得で何らかの不祥事が起き、その原因のひとつが竜川様の動きにあるとしたら、おたがい困ることになるのではないか。そうは思わぬか、須藤殿」

苦虫を嚙み潰したような顔をして、須藤が大きく息を吐いた。

「相手は大目付だ。面倒なことになるのではないか、と考えたが、上様のご機嫌を損じるほうが恐ろしい。腹をくくった。帳面を持ってくる。私が切手番所番頭を拝命して五年になるが、その前から竜川様と松浦様の贈答品のやりとりはつづいていた。五年前からの帳面でいいか」

「そうよな」

応じた館野が、岡林と勇蔵に視線を走らせた。

岡林が、口を開いた。

「三年前からでいいだろう。ふたりが、どこの店と懇意にしているか、三年分調べれば、あらかたわかる」

「そうですね。三年分の帳面をあらためましょう」

と館野がこたえ、勇蔵が無言でうなずいた。

「それでは三年分の帳面を持ってきましょう」

言うなり、須藤が立ち上がった。


三年分の、帳面数十冊が畳の上に置いてある。

それぞれ帳面一冊を手にした勇蔵と館野を見やって、岡林が声をかけた。

「広敷番頭としての仕事をやらねばならぬ。悪いが、調べは館野と服部ですすめてくれ。調べた結果は、報告してくれ」

「承知しました」

と勇蔵がこたえ、

「報告は私がします。後ほど用部屋へうかがいます」

と館野が応じた。

「そうしてくれ」

笑みを浮かべて岡林が告げ、腰を上げた。


そのころ、七ツ口から出てきたお夏が、左右に警戒の視線を走らせながら、伊賀衆詰所へ向かって歩き出した。

少し行ったところで、お夏が足を止める。

前方に立つ大木の後ろから佐々が姿を現した。

「父上」

笑みを浮かべて、佐々が歩み寄った。

「何かあるたびに、お夏が足繁く伊賀衆詰所へ出かけていることが、大奥で噂になると、密偵としての務めが果たせなくなると思ってな。お猫番としての仕事がないときは、あの大木の陰で見張ることにしたのだ」

「そのこと、わたしも気にしていました。気にはしていましたが、今日も喫緊に知らせねばならぬことが起きたので、人目を忍んで出てきました」

応じたお夏に、佐々が告げた。

「大目付の松浦様がおいでになったのだな」

「父上は、松浦様を知っているのですか」

「御曹司から命じられて、松浦様の屋敷を張り込んだ。そのときに登城する松浦様を見た。顔もはっきりと憶えている」

「そうですか。今日も竜川様のところにいらっしゃいました。このところ、連日顔を出されています」

「知っている。松浦様と竜川様は仲間だ。おそらく、それぞれの権勢を高めるために協力しあっているのだろう」

「一度睨まれたら徹底的に虐められる、と竜川様は大奥の女たちから怖れられています。いまは、お登勢様が虐められておいでです。傍から見ていても、お気の毒で可哀想です」

「そのとおりだ」

口調を変えて、佐々がつづけた。

「早く長局へもどれ。竜川様がらみの一件が落着するまで、できうるかぎりあの大木の陰で張り込んでいる。散歩に出かけるようなふりをして出てくるのだ。いるときは、出てくる」

「わかりました。そうします」

言うなり会釈して、お夏が背中を向けた。

竜川の居室では、松浦と竜川が差し向かいで座り、話している。

険相な顔をして、松浦が言った。

「昨日、隣の屋敷の若党が裏門から駆け込んできて『松浦様について、聞き込みをかけている不審な武士がいる。善処されるがよい』と知らせてきました。腕に覚えの家来五人が不意をついて取り囲み、問い詰めていたら、隙をついて逃げ出した。追いかけたら、何かにつまずいて倒れたので取り押さえました」

「捕らえたのか」

訊いてきた竜川に、

「それが、しくじったのです」

「それは、未熟極まる」

眉間に縦皺を寄せて、竜川が吐き捨てた。

苦笑いして、松浦が応じた。

「いつもながらの、手厳しいおことば。家来の名誉のために言いますが、その奴には仲間がいた。抵抗して暴れるので、懸命に押さえ込んでいたが、突然、駆け寄る足音がしたとおもったら、峰打ちをくらって気を失った。五人が瞬く間に打ち据えられた。かなり武術の修行を積んだ者に違いない、と家来のひとりが報告してきました」

「松浦様が今日もこられたのは、その話をするためか」

「そうです。聞き込みをしていたのは、たぶんお猫番の仲間でしょう。お猫番は広敷伊賀衆のなかに設けられた組織。広敷伊賀衆は大奥の風紀取締りが仕事。中臈牧江を上様の側室に仕立て上げ、新しもの好きの上様に取り入らせ、竜川様が大奥をさらに牛耳ることができるようにするためのこの仕掛けを、お猫番たちが探っているに違いありません」

「わたしのためだけの策ではありますまい。松浦様の野望も満たされるはず」

「その通り。手懐けた大店の主人たちの店々を大奥御用達にし、巨額の口利き賃をせしめる。さらにその口利き賃を幕閣の重臣たちにばらまき、出世の足がかりとする。その口利き賃は山分けする、という約束。事成就の暁には、竜川様は濡れ手で粟の大儲けでございましょう」

「取らぬ狸の皮算用、にならぬよう、事を一気呵成に落着するために、一頑張りしてもらわねばなりませぬな」

皮肉な顔付きで含み笑った竜川に、訝しげに松浦が問いかけた。

「新たな揉め事でも、発生しましたか」

訊いた松浦に、竜川が応じた。

「上様の御庭御目見得が五日後に行われることが決まった、と広敷用人の戸田様から連絡があった。場所と刻限はおって知らせるという話だった。登勢に御庭御目見得を辞退させるためにかけられる日数は四日しかない」

「遅くとも四日後には、お登勢に引導を渡さねばなりませぬ。実働できる日数は三日しかない、と考えるべきかと」

首をひねって、松浦が呻くようにつぶやいた。

「いままで上様が側室に選ばれた、中臈たちの顔や姿形から推測して、牧江より登勢のほうが好みのような気がする」

そのつぶやきに応じて、竜川が声を上げた。

「わらわも、そうおもう。残念ながら、わらわのいいなりになる中臈たちのなかでは、牧江が一番の美形じゃ。牧江で勝負するしかない。色好みの上様のこと、前に側室を選ばれたときから、一年近く時が過ぎている。いままで、こんな長い間、新たな側室選びが行われなかったことはない。新しい側室が欲しくてたまらない時期にさしかかっておられる。側室候補がひとりしかいなければ、好みのなんのと、うるさいことは言われず、すぐに決められるはず」

「そうでしょうな。竜川様の推断どおり、登勢の愛猫、小鞠が生きていれば、捕まえるか、弾みで殺したとしても骸をつきつけ、生きていたのを隠していた大嘘つきの女、と大騒ぎすれば、清廉潔白を地でいくような気性の御年寄千島様は『そのような気性の女を上様の側室に推挙するわけにはいかぬ』と登勢に御庭御目見得を辞退するよう、命じられるでしょう」

一呼吸おいて、松浦がことばを重ねた。

「高岡の屋敷には小鞠はいなかった。高岡の身辺を洗い、登勢が小鞠を託したいとおもう、信頼できる知り合いがいるかどうか、調べ出さねばなりませぬな」

「登勢の父の高岡は、御納戸役であったな」

「御納戸頭を拝命しております」

「御納戸頭か」

首を傾げて思案していた竜川が、何かに気づいたのか、はっ、として、顔を向けた。

「小間物問屋の和泉屋じゃ。御納戸からの推挙で、大奥御用達になった店じゃ。

「和泉屋と高岡のかかわりを調べてみたらどうじゃ」

「小間物問屋和泉屋ですね。店はどこにありますか」

「調べれば、すぐにわかる」

言うなり、竜川が立ち上がった。


木津と井沢は下谷池之端にある和泉屋の前にいた。

周囲を見渡して、井沢がぼやいた。

「御曹司は、張り込むやり方を、町奉行所《まちぶぎょうしょ》の与力、同心たちとは違った、伊賀の忍びらしい方法でやってみろ、と言われたが、これだけ人の往来が多くて、町家が建ちならんでいる一帯では、下手に屋根の上や葉の生い茂った大木に身を潜めようと試みても、人目があってむずかしい。どうする？」

ぐるりに視線を走らせながら木津が応じた。

「とりあえず和泉屋の周りを歩きまわってみよう。表と裏の、二手を張り込まねばならぬ。何か起きたときに、すぐに合流できるように、できるだけ近い場所に張り込むべきだろう」

「そうだな。一歩きしてみよう」

歩き出した井沢に、木津がつづいた。

二

勇蔵と館野は帳面に記された、竜川と松浦がやりとりした贈答品と品物の買入先を、持ってきた矢立から筆を引き出し、手分けして巻紙に書き写して、切手御門を引き揚げた。

伊賀衆詰所にもどったふたりは、書き写した巻紙を前に、竜川と松浦がやりとりした品々の買入先を、店別に分けていった。

その結果、呉服問屋越前屋《えちぜんや》、小間物問屋三田屋《みたや》、唐物問屋長崎屋《ながさきや》からの買入が多いこと、一年過ぎるごとに、品々を買い入れた店の数が減っていくこともわかった。

首をひねって、館野がつぶやいた。

「呉服問屋も、小間物問屋、唐物問屋も年々品物を買い入れる店の数が減っている。なぜだろう」

「推測ですが、口利き賃を多く払ってくれる店を選んでいたのではないでしょうか」

応じた勇蔵に、

「店は大奥御用達の認可を下ろしてもらうために、口利き賃を払う。松浦様と竜川様は、その金を出世や権勢を得るための裏金に使うわけか」

呆れたように館野が言った。

大奥御用達になれば、大儲けできる。ほとんどの商人が、そう考えるはずであった。

が、呉服問屋、小間物問屋、唐物問屋は、すでにほかの店が大奥御用達の認可を得て、出入りしている。御用達の店の数は、大奥や中奥など、それぞれの場所で決められている。新たに御用達の店になるには、いままで御用達として出入りしていた店を排除するか、それらの店以上の好条件を納品先に提示しなければならなかった。

「竜川様も松浦様も、少なくとも三年前から手を組んで、出世するための軍資金づくりに励んでいたわけか。何と強欲な」

吐き捨てるように館野がつぶやいた。

「竜川様が大奥で、御年寄仲間や御中臈いじめをつづけてこられたのも、すべて自分の権勢を高めるための所業。人を陥れ、人から憎まれつづける日々。気持の安らぐ日があるとはおもえない。そんな暮らし、厭だな」

独り言ちた勇蔵のことばに、

「竜川様も松浦様も、出世することだけが生きがいなのだ。おれたちとは人種が違う」

口調を変えて、館野がことばを継いだ。

「おれは、調べた結果を岡林様に伝えに行く。出かけよう」

「承知しました。とりあえず書付を片づけましょう」

応じて、勇蔵が畳の上に置いてある書付に手をのばした。

長局のあてがわれた部屋で、文机の前に座って、お登勢が物思いにふけっている。

小袖をたたみ終えたお道が、振り向いて話しかけた。

「また小鞠のことを考えておいでですか」

　顔を向けて、お登勢がこたえた。

「そうです。もう小鞠と過ごした日々は帰ってこない。そうおもうと、無性に寂しくなる」

「あれほど可愛がっておられたんですもの。おもいだして当然です。それより、御庭御目見得が五日後に催される、と決まったそうですね」

「さきほど千鳥様が伝えにこられました。いざ日取りが決まったら、側室にならなくともいいような、どちらでもいいような、みょうな気分になってきました。小鞠と過ごせる日々がもどってくるほうが、側室に選ばれるより、ずっと楽しい。わたしはそうおもっています」

「そんなこと、仰有らないでください。側室に選ばれ、お子でも為されたら、何不自由ない暮らしが得られます。羨ましいかぎりです」

「そうでしょうが、わたしは、やはり、小鞠と過ごすほうが、気持が安らぐような気がします。いまごろ、小鞠はどうしているでしょう。寂しい。ほかのお女中が飼っておられる白猫をみると、小鞠と見紛うて、小鞠と呼びかけたくなる」

　つぶやいて、お登勢が深い溜息をついた。

陽が西空を茜色に染めている。

和泉屋の表を見張ることができる、通りをはさんで向かい側に建つ、町家の間の通り抜けに井沢が身を潜めている。

その目が、大きく見開かれた。

「出てきた」

おもわず口に出した井沢の視線の先に、番頭とともに和泉屋から出てきた町奉行所の同心の姿があった。

腰をかがめて見送る番頭に、顎をあげたまま、形ばかりの会釈で応じた同心が立ち去って行く。

同心の羽織の袂が垂れ下がっているところをみると、袖の下をせしめたのだろう。

その後ろ姿を見据えたまま、

「あの同心、小半時近く和泉屋にいた。見廻りの途中、馴染みの大店に立ち寄ったにしては、店にいた間が長すぎる気がする。和泉屋で何か起きたのかな」

つぶやいて、井沢が首をひねった。

夜、下城した松浦は、屋敷の一間で、下座に控える家臣の中川乾二郎《なかがわかんじろう》から報告を受けていた。

松浦は、竜川との話し合いを終えた後、供として千代田城内に入り、控詰所で待機していた中川に、

「急ぎ屋敷にもどり、若党たちに下谷池之端にある小間物問屋和泉屋について聞き込みをかけ、張り込むよう命じるのだ。日頃、出入りさせて、月々手当を渡している町奉行所の与力、同心にも声をかけろ。今日のうちに、見廻りの途中、立ち寄った風を装って、店と奥の様子にも探りを入れてくれ、と頼め」

と下知したのだった。

屋敷にもどった中川は、松浦の指図を若党たちに伝え、送り出した後、北町《きたまち》奉行所へ向かった。

幸いなことに、町中で家臣が揉め事を起こしたときに備えて、月々の手当を出して手懐けている、隠密廻り同心の北村英太郎《きたむらえいたろう》が奉行所内にいた。

中川の用件を聞いた北村は、二つ返事で引き受けた。

松浦に命じられた後、自分がどういう動きをして、調べの手配をしたかを話した後、中川が得意げに反《そ》っくり返った。

「北村殿は、調べる理由も訊いてきませんでした。すぐに動いてくれて、和泉屋に乗り込んでくれました。私は、結果を早く知りたかったので、和泉屋の近くまで同行し、近くの蕎麦屋《そば》で待ちました」

「何か手がかりがあったのか」

問うた松浦に、中川がこたえた。

「北村殿は『見廻りで歩き疲れた。茶など飲ませてくれ』と、奥の、主人の住まい寄りの、取引先などを招じ入れる座敷に上がり込み、番頭と埒もない世間話などしながら、主人の住まいの様子など聞き出そうとされたようです。しかし、番頭は口が堅くて、主人の暮らし向きのことは、わかりかねます、との一点張りで、面目ないがうまく聞き出せなかった、と言っておられました。ただ」

「ただ？」

松浦が鸚鵡返しした。

「かすかに猫の鳴き声が聞こえたような気がした、と言っていました。もっとも番頭に『最近、猫を飼ったのか』と訊いたら、番頭は『迷い込んできた野良猫に一回餌をやったら、ちょくちょくやってくるようになって、困っています』とこたえたそうです」

「小鞠は白猫、と聞いている。畜生のこと、家の中から出さないようにしていても、必ず庭に抜け出てくるはず。和泉屋の庭を見張ることができる場所をみつけださねばならぬな」

「探せば見つかるかもしれません。明日にでも若党たちに探させましょう」

「そうしてくれ」

応じた松浦に、身を乗り出して、中川が声を高めた。

「殿から指図されたこととは関わりがないことですが、伝えたほうがいい、ともうので話します」

「何だ」

「実は、殿が竜川様のところへ出かけられていたときに、手懐けていた切手御門の番士が、控詰所に突然やってきて声を潜め、お伝えしたいことがあるので切手御門を抜け出してきた、と周囲を見渡したので、外へ出て話を聞いたのですが」

「切手御門で何が起きたのだ」

「今朝方、切手御門に何の前ぶれもなく広敷番頭、広敷伊賀組番頭、お猫番の三人がやってきて、切手番所の番頭と奥の詰所でしばらく話し込んでいました。やがて切手番頭が出てきて、この三年間、切手番所であらためた大奥へ運び込まれた品々と、運び出された品々の詳細を記した帳面を数十冊抱えて、詰所へ入っていった。ほどなく切手番頭が、少し遅れて広敷番頭が出てきましたが、広敷伊賀組番頭とお猫番は残って、帳面を書き写している、という話でした」

「帳面を書き写していた、というのか。何のためにそんなことを」

うむ、と呻いて、松浦が黙り込んだ。

「後三日か。三日のうちに、事を終わらせなければ、いままでやってきたことが無駄になる」

独り言ちた松浦が、中川に目を向けた。

「中川、明日から若党たちに和泉屋を張り込ませろ。庭に侵入できるようだったら、みつからぬように潜り込め。白猫がいたら、家人が名を呼ぶまで、さとられぬように身を潜めて、辛抱強く待て、と命じておけ。家人が白猫を、小鞠、と呼んでいたら、隙を見て和泉屋から抜け出し、知らせにもどれ、と指図するのだ」

「承知しました。白猫がいて、小鞠と呼ばれていたら、次はどうするのですか」

「夜、和泉屋に斬り込む。小鞠を生け捕りにするか、手に余れば殺して、骸を運び出す。生死にかかわらず、小鞠を我が手中に収めねばならぬ」

「わかりました。荒事でも何でも引き受ける町の道場主に声をかけて、人手を集めましょうか」

「相手は町人だ。中川以下、当家の家来たちだけで十分対処できるだろう。それと、あまり自慢できることではない。密かにことをすすめるべきだ」

「如何様《いかさま》。松浦家家臣だけで対処いたします」

「頼りにしているぞ」

「万事抜かりなく」

中川が深々と頭を下げた。


お猫番用部屋では、張り込みからもどった木津と井沢が、勇蔵に見聞した結果を報告していた。勇蔵の斜め脇に佐々が控えている。

佐々は、すでに、

「今朝も松浦様は竜川様を訪ねてこられました」

と勇蔵に伝えていた。

井沢が口を開いた。

「人の往来が多く、人の目をごまかすよい手立てをおもいつかなくて、忍びの者らしい見張り方ができませんでしたが、和泉屋の表を見張れる通り抜けに、身を潜めておりました。陽が沈みはじめたころ、町奉行所の同心が、和泉屋へ入っていきました。なかなか出てこなくて、小半時ほどして番頭に見送られて出てきました。片方の袂が垂れ下がっていたので、たぶん、袖の下でもせしめたのでしょう」

「同心が、小半時ほど、和泉屋のなかにいたというのか。何かを探りにきたのかもしれぬな」

つぶやいた勇蔵が、木津と井沢に視線を流して訊いた。

「ほかに何か気づかなかったか」

木津が声を上げた。

「どこかの家臣らしい侍が四人、和泉屋のまわりをうろついておりました。時折、道行く人に声をかけては、話し込んでいました。推測するに、和泉屋の様子を探っていたのではないかと」

わきから井沢が声を上げた。

「そ奴らのこと、おれも気づいていた。表の通りでも、近所の者とおもわれる町人たちに聞き込みをかけていた。なかに、どこかで見たような顔だとおもった奴がいたが、いま、おもいだした。おれが一番最初に峰打ちをくれた、佐々さんを押さえつけていた奴らのひとりだ。間違いない」

佐々が割って入った。

「それでは、うろついていた武士たちは松浦様の家来たち、ということになるではないか」

顔を向けて、ことばを重ねた。

「御曹司、和泉屋に目をつけられましたぞ。和泉屋と小鞠に危険が及ぶおそれが出てきました」

うなずいて、勇蔵が一同を見やった。

「上様の御庭御目見得は、五日後と決まった。竜川様と松浦様は、明日から三日のうちに決着をつけるべく、動きつづけるだろう。四日目には、お登勢様に御庭御目見得を辞退させる、と決めているに違いない。小鞠が和泉屋で飼われていることを突き止めたら、最悪の場合、盗賊の仕業と見せかけて、和泉屋に押し込んでくるかもしれぬ。何としても、押し入る寸前に家来たちの動きを止めねばならぬ。千代田城内の揉め事、表沙汰にならぬように始末をつけねばならぬ」

「最悪の場合、迎え撃つしかありませぬな」

「鍛え抜いた伊賀の忍びの武術の冴え、存分に見せつけてやります」

木津と井沢が相次いで声を上げた。

「伊賀の忍びの面目にかけて、この勝負、しくじるわけにはいかぬ。広敷伊賀組の面々に助勢してもらう」

佐々を見つめて、勇蔵がことばを重ねた。

「佐々、明朝の餌やりを終えた後、館野様のところに行き、事の次第を話して、助勢を頼みたい、と申し入れてくれ。館野様は、必ず力を貸してくれる」

「承知しました。万が一、館野様が渋るようなら、知恵を振り絞り、粘りに粘って説得します」

こたえた佐々が、奥歯を嚙みしめる。

眦《まなじり》を決した木津と井沢が、決意を込めて大きく顎を引いた。

三

佐々たちが引き揚げた後、勇蔵は、これからの探索をどうすすめるべきか、思案しつづけた。

（御庭御目見得の前日までに、竜川様とお登勢様の揉め事に決着をつけなければならない。探索に使える日数は四日。この刻限では、すでに今日は使えない。ということは動けるのは、明日から三日。千代田城内の諍《いさか》いごと、あくまでも表沙汰にならぬよう、城内で裁きをつけるとすると三日目はそのために潰れる。探索で使える日数は明日と明後日の二日間だけか。二日しかないのか）

その瞬間、勇蔵のなかでは衝撃が走った。

（二日で何ができるか）

自分に問いかけてみる。

次の瞬間、

（竜川様と松浦様の立場にたって考えてみよう。三日目には、千島様とお登勢様を、御庭御目見得を辞退せざるを得ないような状況に追い込まなければならない。その目的を果たすために使える日数は、二日間しかない、ということに気づいているはずだ）

その考えに至ったとき、木津と井沢のことばが、勇蔵の耳に甦った。

「どこかの家臣らしい侍が四人、和泉屋のまわりをうろついておりました」

「なかに、どこかで見たような顔だとおもった奴がいたが、いま、おもいだした。おれが一番最初に峰打ちをくれた、佐々さんを押さえつけていた奴らのひとりだ。間違いない」

閃くものがあった。

（松浦様たちは和泉屋が御納戸の口利きで大奥御用達になったことに気づいたのだ。高岡様の身辺を探れば、お登勢様の乳母だったお徳が、和泉屋の後添えにおさまっていることはすぐにわかる。小鞠を預けるとしたら、そのあたりだろうと推測して、聞き込みを始めたのだ）

勇蔵はさらに推理しつづけた。

（庭だ。今日は松浦様の家来は、和泉屋の庭を見張ることができる場所を探しだして張り込み、白猫が庭に出てくるまで待ち続けるだろう。そんなことを知らないお徳は小鞠を外へ出してやるはずだ。明日のうちに小鞠は見つかる。見つけたら、松浦様たちは小鞠を捕まえるか、万が一殺しても、骸をお登勢様に突きつけて御庭御目見得を辞退するよう迫るに違いない）

無意識のうちに勇蔵は、

「支度をととのえ、和泉屋に松浦様の家来たちが押し入るのは、明後日の夜」

そう口に出していた。

（松浦様と竜川様を、留守居と若年寄立ち合いの裁きの場に引き出し、上様の側室を選ぶ御庭御目見得をめぐって、さまざまな策を弄し、大奥に混乱をもたらした罪を認めさせるためには、その策謀に加わった者たちを捕らえ、証言させるしか手はない。家来たちは和泉屋に押し込んできたときに、ふたりほど捕らえておけばよい。松浦様は、それで決着はつく。竜川様の悪巧みを証言する者だが）

次の瞬間、はた、とおもいあたって、勇蔵は再び口に出していた。

「お吟だ。それと、お吟をお登勢様のそばに置いていたら、お登勢様の動静が竜川様に筒抜けになる怖れがある。数日ほど、お吟を引き離す手立てだが」

うむ、と呻いて、勇蔵が腕を組んだ。

宙に視線を泳がせて、思案を巡らしている。

翌朝、勇蔵は七ツ口が開く刻限を見計らって、お猫番用部屋を出た。

七ツ口が開くと同時に、勇蔵はお夏を呼び出した。

「何か大変なことが起きたのですか」

訝しげに問いかけてきたお夏に、勇蔵が懐から二つ折りした書付を取り出し、手に握らせ、小声で告げた。

「この書付をお登勢様に手渡してくれ。今日、明日が此度《こたび》の一件の勝負どころだ。お登勢様の動きを竜川様に知られたくない。お吟をお登勢様から引き離す手立てが書いてある。書付に記した指図どおりに動いていただきたい、とおれが言っていたと伝えてくれ」

「わかりました。すぐお登勢様に手渡します」

手を引っ込め、書付を袂に入れたお夏が、何事もなかったように袂から手を出して、立ち上がった。

勇蔵は佐々から、

「餌場まわりは、御曹司がお猫番を拝命するまで餌やりを手伝ってくれていた仕丁たちに指図してやらせています」

と報告を受けていた。

その佐々は、いま館野のところへ、助勢を手配してくれるよう、頼みに行っている。

井沢と木津は、和泉屋の張り込みに出かけていた。

お夏と別れた後、勇蔵は、以前、お夏を待っていた大木の陰に身を隠していた。

お夏に書付を託してから、半時（一時間）ほど過ぎ去っている。

（お夏から書付を受け取って、お登勢様がすぐに動いてくださったとしたら、そろそろお吟が出てきてもいい頃合い）

胸中でつぶやいて、勇蔵が大木の幹から顔を覗かせた。

七ツ口は閉まったままだった。

人の気配を察して、勇蔵が振り向く。

急ぎ足で歩いてくる、ひとりの武士がいた。

凝らした勇蔵の目が、武士の顔を見極めた。

松浦だった。

松浦から姿を隠すように、勇蔵が幹に沿って位置を変えた。

険しい顔で、松浦が勇蔵の目の前を通り過ぎていく。

その表情から、勇蔵は、

（松浦様は焦っている。今日と明日で勝負が決まる、と判じているのだろう）

そうおもいながら、松浦の後ろ姿を見送っていた。

七ツ口が開いて、松浦が入っていった。

七ツ口が閉められる。

〈遅い。お登勢様に急用でもできて、手配が遅れたのかもしれぬ。待つしかないか〉

こころでそうつぶやいて、再び七ツ口に目を据えた。


ほどなくして、七ツ口からお吟が出てきた。

大きめの風呂敷包みを抱えている。

見つめた勇蔵は、お登勢にやってもらいたいことを指図した、書付のなかみをおもい起こしていた。

〈侍女のお吟を、高岡家で数日預かって、武家屋敷の行儀作法をあらためて教えてもらいたく、差し向けます。数日後にお猫番の服部殿に、お吟を迎えにいってもらいます。登勢〉

抱えた風呂敷包みには、着替えが入っているのだろう。

ほどよい隔たりにお吟が遠ざかったのを見計らって、幹の陰から勇蔵が出てきた。跡をつけていく。

高岡の屋敷に着いたときには、すでに昼をまわっていた。

門番詰所の物見窓に声をかけ、なかから開けられた表門の潜り戸からお吟が入って行くのを見届けた勇蔵は、屋敷の周囲をゆっくりと一回りした。

訪ねてきたことをお吟に知られても、つけられたかもしれない、と疑念を抱かれぬように間を置いたのだった。

お吟と同じように物見窓ごしに門番に声をかける。

「広敷伊賀組の服部勇蔵と申す者。高岡様に知らせたいことがあって参りました。お取り次ぎください」

「暫時お待ちください」

門番が応じた。


接客の間で高岡と勇蔵は、向かい合って座っている。

「四日後に、お登勢様は上様の御庭御目見得に臨まれます」

と告げた勇蔵に、高岡利右衛門は一瞬、名状し難い表情を浮かべた。

その様子から、高岡が、お登勢が上様の側室に成り上がるのを、さほど喜んでいないのではないか、と推量した。

「お登勢は自ら望んで大奥へ上がりました。直参として、このようなことを言うのは問題があるとおもいますが、上様は色好み。すでに側室は十二人、男女合わせて三十七人の御子がおられる。親としては、側室になるより、旗本の誰かに嫁いで、会いたいときに訪ねて行き、気兼ねすることなく、抱いたりあやしたりできる可愛い孫を産んでくれたほうがずっと嬉しい。親とは、そんなものです」

しみじみとした高岡の物言いだった。

どうこたえていいか、勇蔵にはわからなかった。が、返事をしないわけにはいかなかった。

「いまのおことば、私の胸中にとどめておきます」

そう言って、微笑んだ。

高岡も微笑みで応じた。

小半時（三十分）ほど他愛ない話を交わしたあと、

「三日後の昼前に、お吟を迎えにきます」

と告げて、勇蔵は高岡の屋敷を後にした。

勇蔵は、お吟が、お登勢を陥れようとしている竜川の密偵ともいうべき者であることを、あえて高岡に話さなかった。

二度しか会っていないが、高岡は、今の世の武士にしては、武張った気質を持ち合わせている、と感じていた。その気質が、何かの拍子に、お吟に危害を加えるような事態を招きかねない、と危惧したからだった。

松浦が引き揚げた後、竜川は、松浦がくる直前に顔を出したお吟のことを考えていた。

お吟は、

「お登勢様から、御実家の高岡さまの屋敷に行き、数日ほど家事一切を手伝ってきてくれ、と命じられました。数日ほど大奥から離れます」

と告げにきたのだった。

そのときは、松浦がくる刻限が迫っていたので、

「そうか」

とだけこたえて送り出した。

が、ひとりになった今、

(御庭御目見得が四日後に迫っているこの時期に、登勢はなぜお吟を大奥から外

ないのか）

へ出したのか。自分の動きをわらわに知られたくない、と考えた上でのことでは

との疑念が湧いてきた。

（小鞠の扱いといい、今日のお吟に対する動きといい、登勢はなかなかの策謀家。油断はできぬ）

そう思った瞬間、竜川はその判断を強く打ち消した。

厳しく問い詰め、意地悪く迫って、いたぶったときのお登勢の態度をおもい浮かべていた。

（登勢は、ただおろおろと怯えていただけだった。自分に敵対する相手を欺き、混乱させようとする知恵を持ち合わせているとは、とてもおもえぬ。それでは誰が登勢に策を授けているのか）

思索をすすめる竜川のなかで弾けるものがあった。

「お猫番か」

おもわず発したことばが、竜川に推測が確信に変わる結果をもたらした。

「しまった。松浦殿にお猫番の動きに気をつけるよう、忠告すべきだった」

呻いた竜川は、こころのなかで松浦のことを品定めしていた。

（松浦殿はおのれの出世のためには、どんな汚いこともやってのけるが強引すぎて、細心の注意を払って策をすすめる知恵と、慎重さは持ち合わせておらぬ）

そう断じて、竜川は大きく息を吐き出した。

不吉な予感が膨らんでいくのを、押しのけるための所作であった。

「明日が剣が峰か」

つぶやいて竜川は、ゆっくりと目を閉じた。


勇蔵は和泉屋の周りを歩いていた。

松浦の家来たちが和泉屋に押し込むとしたら、どこから入るか？

そのことだけを考えて、歩を移している。

和泉屋の裏口近くにきたとき、背後から近寄ってくる足音がした。

殺気はなかった。

振り返ると、そばに木津が立ち止まっていた。

目を合わせた木津が、目線で裏道をはさんだ向かい側の町家を指し示した。土蔵が建っているところからみて、それなりの分限者の住まいなのだろう。土蔵のそばに、二階家の土蔵よりはるかに高い大木が立っていた。左右に延びた枝に葉が生い茂っている。

大木の幹に梯子が立てかけてあった。

土蔵の最上階の屋根より、一階分ほど高いところに葉が密集している枝が伸びていた。

その枝を見つめて、勇蔵が、にやりとした。

常人には見えないが、忍びの修行で鍛えた勇蔵の目は、しかと捕らえていた。

その枝の付け根に、たっつけ袴の武士が腰をかけている。

勇蔵が木津に、ちらり、と目を走らせた。

無言で木津がうなずく。

それだけだった。

一言のことばもかわすことなく、木津が踵を返した。

勇蔵は、木津に背を向け、足を踏み出した。

傍目には、声をかけようとした武士が人違いだとわかって立ち去り、間違えられ、気配を察して立ち止まった武士も、事情がわかって歩き出したかのように見えたに違いない。

枝に腰をかけた武士は、ふたりに気づいていなかった。

武士は、明らかに一カ所に視線を注いでいた。

その視線の先には和泉屋の裏庭が広がっていることを、勇蔵は先だって訪れたときに見届けていた。

歩きながら、勇蔵は、

（松浦の家来たちは、必ず明晩、和泉屋を襲う）

との確信を深めていった。

四

その夜、お猫番用部屋では勇蔵、佐々、木津、井沢が車座に座っていた。

それぞれからの報告を聞き終え、勇蔵が一同に視線を流し、告げた。

「確認のため、報告されたことを復唱する。佐々、館野様は助勢を五人手配した、と言われたのだな」

「敵を待ち伏せして、斬り合いになることは、館野様にはあらかじめ伝えておきました。そのことを承知の上で助勢する者だけを選び出したと、館野様が言っておられました。五人とは、暮六つに和泉屋の通り向こうにある町家の前で落ち合うことになっています」

「それぞれが夜陰に紛れて、夜五つまでに和泉屋に忍び込み、裏庭を見張れて、押し込んできた輩《やから》を迎え撃つことができる場所、例えば屋根の上や立木の陰に身を隠して敵を待つ。敵が全員侵入したのを見極めてから行く手を塞ぐ、と五人に伝えておいてくれ」

「承知しました」

応じた佐々から、井沢と木津を見やって、勇蔵が言った。

「松浦家の家来と思われる八人が和泉屋の様子を探っていた。どうやって話をつけたかわからぬが、家来のひとりが裏手にある町家の庭に立つ大木に登って枝に座り、和泉屋の裏庭を見張っていた。その姿を、おれも見届けている」

木津が声を上げた。

「家来のひとりが大木の幹に梯子をかけて、登っていくところを見ました。ぎこちない動きでした」

「和泉屋の裏庭から猫の鳴き声が聞こえてきた、と言っていたが、道行く人のなかには、猫の鳴き声を聞いた者も大勢いるだろうな」

「通りをはさんで身を潜めていた私にも聞こえたのですから、聞いたでしょう。

近所に住む者たちは、和泉屋で猫を飼い始めたことを知っているはずです」

「家来たちは、和泉屋で猫を飼い始めたことを聞き込み、松浦様に報告した。その結果の木登りか。猫の姿をたしかめるための動きだな」

木津が無言でうなずいた。

井沢が声を上げた。

「家来たちは、夜五つ近くまで和泉屋を見張っていました。和泉屋へ出入りする者たちの数の変化、往来する人の増減などを調べていたとおもわれます。裏口のほうも同じような状況だったのだろう」

木津が応じた。

「そうだ。聞き込みをかけている家来はひとりもいなかった」

一同を見やって、勇蔵が告げた。

「佐々は明日朝一番に、館野様と会い、五人と顔合わせをして、忍び込みと待ち伏せの段取り、少なくともふたり生け捕りにすることも伝えておいてくれ。押し込んできた家来たちのなかで逃げ出す者、手に余る者がいたら斬ってもいい。骸は大八車に乗せて城内に運び込む。大奥の揉め事、表沙汰にならぬよう始末をつけねばならぬ」

厳しい顔付で、一同が大きく顎を引いた。

翌朝、木津と井沢は和泉屋の張り込みに出かけた。

勇蔵は館野のところへ向かう佐々に声をかけ、一緒に行くことにした。昨晩まで、七ツ口近くの大木の陰で、松浦がやってくるのを見届けるつもりでいたが、ふたつ手配しなければならぬことがあるのに気づいた

松浦がやってきたかどうかは、お夏に訊けばわかることだった。

広敷伊賀衆番頭の用部屋で、勇蔵は上座にある館野と向かい合っていた。

佐々は、館野から助勢する五人の名を聞き、それぞれと打ち合わせをするために動いている。

松浦の悪行の証人となるふたりの家来を、今夜夜半過ぎに切手御門から城内に運び込むので、切手御門を無条件で通過する段取りをつけておいてほしい、できれば立ち合ってもらいたいということ、明日七ツ過ぎに広敷内で、此度の竜川と松浦の悪行に対する裁きの場を設けてもらいたいこと、などの要望を勇蔵から告げられた館野は、即座にこたえた。

「切手番所の番頭殿に話をつける。私は、切手御門で待機して、もどってくるのを待っている」

「さっそくのお聞き届け、痛み入ります。裁きの場を設けること、どうなりますか」

　問いかけた勇蔵に、

「これから岡林様のところへ行き、相談する。岡林様の次は広敷用人の戸田様、それから先は御留守居、若年寄へと相談を持ちかけていくことになる。明後日には上様の御庭御目見得が行われる。一件は、御庭御目見得にからむこと、時がないので早々に結論がでるはずだ」

　いったんことばを切り、勇蔵を見つめて、つづけた。

「今日は何かと忙しいだろう。わしと共に動くのは岡林様のところまででいい。後はひとりで動く。結果は、切手御門で伝える」

「承知しました。岡林様のところへ向かいましょう」

　脇に置いた大刀を、勇蔵が手に取った。

　御庭御目見得が間近に迫っているという事実が、岡林を動かした。

勇蔵の話を聞くなり岡林が、

「でかした、大手柄だ。大奥の風紀を取り締まるのが、広敷伊賀組の務め。証人たちも揃えられる。何かと問題を起こしている、厄介者の竜川様を大奥から放逐できる絶好の機会、さらに出世欲の塊で、強引で横柄な大目付の松浦様まで御役御免、さらに隠居まで追い込める。上様の御庭御目見得が明後日に行われると知れば、重臣方もすみやかに結論を出してくださるはずだ。戸田様のところへ行くぞ」

声をかけるなり、裾を蹴立てて立ち上がった。

岡林の用部屋を出たところで館野たちと別れた勇蔵は、七ツ口へ向かった。

七ツ口に着いた勇蔵は、お夏を呼び出し、松浦が竜川のところへやってきたか、訊いた。

松浦は顔を出していなかった。和泉屋襲撃の手配で忙しいのだろう。

いまのところ、竜川には動きはないようだった。

竜川様から目を離さないように、とお夏に告げて、勇蔵は七ツ口を後にした。

和泉屋へ向かって、歩をすすめる。

突然、やってきた勇蔵を、お徳は驚きと不安の入り混じった表情で迎え入れた。

店の奥、住まいの客間で勇蔵とお徳が向かい合って座っている。

「小鞠のことが心配できた。お徳さんに懐いているか」

訊いた勇蔵にお徳が微笑んだ。

「あたしには懐いていますが、主人にはまだ時がかかりそうです。猫は警戒心が強いから」

「庭で遊ばせているのか」

「廊下に座って、庭を眺めていることが多いんです。景色が違うから、戸惑っているのかもしれません。ただ、偉いのは、一度も家の中で粗相をしたことがないんです。用を足す場所を決めたらしく、庭へ出てすませてきます。鼠や土竜をみつけては、追いかけています」

「よく鳴いているか」

「時々、独り言を言っています。哀しげな声で、何かを訴えているような、そんな気がする鳴き声です。お登勢お嬢様を思いだしているのかもしれません」

「小鞠は、お登勢様のそばが、一番居心地がいい場所かもしれない」

曖昧な笑みを浮かべて、お徳が無言でうなずいた。

そのとき、襖の向こうから猫の鳴き声が聞こえた。

「小鞠が部屋に入りたがっている。開けてやりましょう」

立ち上がろうとした勇蔵に、

「あたしが開けます」

お徳が腰を浮かしかける。

手を上げてお徳を制し、襖に歩み寄って開けてやった勇蔵の足に、入ってきた小鞠が躰をすり寄せ、こすりつけた。

何度も繰り返す。

お徳が声を上げた。

「息を吹き返したときに、そばにいた服部様のことを憶えていたんですね。声が聞こえたので、呼びかけたのでしょう」

「そうですね」

応じながら、勇蔵が元いた場所にもどって、座った。

躰をこすりつけたまま、小鞠は勇蔵のそばを離れようとしなかった。

苦笑いして、お徳が言った。

「あらあら、あたしには寄ってこようともしない。小鞠、ここにおいで」

自分の膝の前の畳を指で突いた。

耳を向けた小鞠が、勇蔵から離れ、お徳のそばに寄っていく。

膝の前で香箱座りをして、お徳を見上げた。

「背中をさすれ、というの」

相好《そうごう》を崩したお徳が、小鞠の背中をさすってやる。

気持よさそうに細めていた小鞠の目が、やがて閉じられた。

「いつになったらお腹を出してくれるの、小鞠」

お徳が話しかける。

薄目を開けて、小鞠がお徳を見上げ、すぐに目を閉じた。

「いつも、こんな調子なんですよ」

目を向けて、お徳が話しかけてきた。

「だいぶ慣れましたね。もうじき小鞠が、こころを許して、お腹を出すでしょう」

「その日が、楽しみです」

お徳が、微笑んだ。

笑みで応じて、勇蔵が告げた。

「明後日、お登勢様は上様の側室選びの手立てのひとつ、御庭御目見得に臨まれる」

「お登勢お嬢様が、上様の側室に選ばれるかもしれない。そういうことですね。決まれば、栄耀栄華、思いのまま。近寄りがたくなりますね」

ことばを切ったお徳が、何か気がかりなことがあるのか、首を傾げて独り言ちた。

「もしかしたら、お登勢お嬢様の御庭御目見得とかかわりがあるのかもしれない」

「かかわりがあるとは？」

問いかけた勇蔵を見つめて、お徳が言った。

「ここ二、三日、身なりのととのった、どこぞのお家来ではないかとおもわれるお侍さんたちが、和泉屋の周りをうろついて、聞き込みをかけたりしているんです。見知らぬお侍さんに、和泉屋さんのことをいろいろと訊かれた、と知らせてくれる人もいます」

「気づいていたんですね。武士が、周りをうろついていることを」

「そうです。気味が悪くて」

お徳が怯えたような表情を浮かべた。

厳しい顔をして、勇蔵が言った。

「実は、そのことできたのだ」

「どういうことですか」

不安そうなお徳に、勇蔵が告げた。

「今日の夜は、何があっても外へ出ないようにしてもらいたい。このこと、奉公人たちにも徹底してくれ。わけはいえぬ」

「わかりました」

「借りたいものがある。大八車二台と、荷物にかける筵《むしろ》を四枚ほど土蔵のそばに置いておいてくれ」

「夕方までに揃えておきます」

「頼む。夜は小鞠も外へ出さないでくれ」

「用を足したそうな素振りをしたら、勝手の隅でやらせます」

「頼む。これで引き揚げる」

そう言って、勇蔵が腰を上げた。

あたりには夜の帳《とばり》が降りている。

夜四つ（午後十時）はとっくに過ぎていた。

和泉屋の屋根の上に勇蔵、井沢、木津の三人が身を伏せている。

三人の目は、裏の木戸門に注がれていた。

佐々と助勢の五人は、和泉屋の裏庭の立木や庭石の陰に身を潜めている。

松浦の家来たちが押し込んできたら、勇蔵、井沢、木津、佐々の四人が迎え撃ち、助勢五人は雨戸の前に立って、家来たちがなかへ入らないようにする、と戦う段取りを決めてあった。

「きた」

つぶやいて、勇蔵が目を凝らす。

通り側からのびてきた手が、裏門の両開きの扉の一方の上端を摑んだ。すぐに、もう一方の手があがってきて、持っていた鉤縄《かぎなわ》の鉤が、扉に引っかけられた。

鉤を引っかけた手が引っ込み、またすぐに上がってきて、もう一本の鉤縄の鉤が、片方の扉の上端にかけられる。

最初にかけられた鉤縄の縄が庭側に下ろされた。

扉に手をかけてずりあがってきた家来が、扉の内側にたらした縄を伝って降りてくる。

外側に垂れさがった縄をつたって、ひとりが上がってきて、なかに垂れ下がった縄を伝って降りてくる。

同じことが繰り返され、家来八人が庭に降り立った。

建家へ向かって歩き出す。

屋根の上にいた勇蔵が匍匐《ほふく》して滑るようにすすみ、頭から落ちて宙で一回転し地面に降り立った。

木津と井沢が勇蔵にならった。

迅速な動きだった。

大きな鳥が飛来して着地したように見えた。

虚を突かれて、中川ら家来たちが立ちすくむ。

次の瞬間、庭に潜んでいた佐々たちが左右から飛び出してきて、家来たちを挟み込む。

勇蔵が大刀を抜いた。

木津たちお猫番と助勢五人も大刀を抜き連れる。

「ひるむな。かかれ」

大刀を抜き、中川が吠えた。

家来たちが大刀を抜き放つや、一斉に斬りかかった。

迎え撃ったのは勇蔵らお猫番たちだった。

かかってくると見えた助勢組は、一斉に建家へ向かって走り、雨戸の前に立って、構えた。

思いがけない動きだったのか、家来たちが呆気《あっけ》にとられて足を止めた。

その瞬間、一斉に勇蔵たち四人が斬りかかった。

先頭にいた中川と傍らのひとりに、勇蔵が刀の峰を叩きつけた。

木津、井沢、佐々の三人は二人の家来の間に踏み込み、左右に刀を振るっていた。

脇腹を断ち切られ、呻きながら崩れ落ちた家来たちに、佐々たちが容赦なく止めを刺していく。

瞬時の出来事だった。

「峰打ちにしたふたりを縛りあげ、大八車に乗せろ。斬り捨てた家来たちは大八車一台に積み上げるのだ」

低いが、厳しい声音で勇蔵が下知した。

助勢組五人が、大刀を手にしたまま、一斉に大八車に向かって走った。

大刀を鞘に納めた勇蔵と佐々が中川を、井沢と木津がもうひとりを、懐に入れていた荒縄を取り出し、縛りあげていく。

骸が積み重ねられているのか、こんもりと盛り上がった積み荷に筵がかぶせられている。もう一台に積まれた、横長で平らな荷に筵がかけられていた。

一台を井沢が、もう一台を助勢組のひとりが牽《ひ》いている。

「引き揚げる」

勇蔵が告げ、左右に佐々と木津が付き添った平たい荷の大八車が動き出し、両開きの扉が開け放たれた木戸門から出て行く。四人の助っ人組が左右と後方を固めた残る一台がつづいた。

一人残った勇蔵が木戸門の扉を閉め、閂《かんぬき》をかけた。

垂れ下がった鉤縄をつたって扉を登り、身軽に扉の上端に立って、鉤縄二本をはずして、腕に巻き付けた。

扉から飛び降りる。

音もなく着地した勇蔵は、大八車を追って小走りに歩を運んだ。

五

館野が切手御門で待っていた。

ほかにも意外な人物が三人、勇蔵たちを待ち受けていた。

岡林と戸田が肩をならべて立っていた。

本来なら、この刻限にいるはずのない切手番頭の須藤が、切手御門に入ってきた勇蔵たちに近寄り、大八車に積まれた荷を、筵をめくってあらためた。二台目の大八車でも同じことを繰り返す。

須藤が表情ひとつ変えずに、勇蔵に告げた。

「これ以上、あらためる必要はない。通るがよい」

当直の番士たちに聞こえるようにいい、顎をしゃくった。

「かたじけのうございます」

頭を下げた勇蔵を見つめて、須藤が告げた。

「すべて館野殿の熱意のお陰だ。早く行け」

「それでは、これにて」

会釈した勇蔵に戸田の声がかかった。

「服部は残れ。話したいことがある」

「承知しました」

応じた勇蔵が佐々たちを振り返って、声をかけた。

「早く行け。後は手筈どおりにすすめてくれ」

「委細承知しております」

こたえて、佐々が手を掲げて振った。

行け、という合図だった。

二台の大八車が動き出す。佐々がしんがりを務めて、切手御門から出て行った。

見届けた戸田が勇蔵に声をかけた。

「明日昼八つ、広敷広間を白洲《しらす》代わりに、此度の一件を評定する。刻限の半時前までに、諸々揃え、持参するように。よいな」

ちらり、と勇蔵が館野に視線を走らせる。

視線を受け止めて、館野が重々しくうなずいた。

戸田を見つめて、勇蔵が告げた。

「準備万端ととのえて、参上します」

「明後日には、上様による御庭御目見得が催される。万事抜かりなく、すすめてくれ」

「こころして務めます」

こたえて勇蔵が頭を下げた。


お猫番用部屋へもどると佐々が待ち受けていた。

一隅に、身動きできぬよう、荒縄で躰をぐるぐる巻きにされ、猿轡《さるぐつわ》を嚙まされた中川たちが横たえられていた。

勇蔵が座るのを待って、佐々が話しかけてきた。

「松浦家の家来たちの骸は、木津と井沢に助っ人たちが、吹上御庭の、人の出入りが少ない場所に埋めるべく出向いていきます」

「作業が終わったら、二台の大八車は和泉屋に返しに行ってくれ」

「そのこと、すでに助っ人たちに命じてあります。明日、朝一番に助っ人たちが和泉屋へ出向く、と頭格の者が言っていました」

「おれも、朝一番にお吟を迎えに高岡様の屋敷へ向かう。明日は雄猫たちへの餌やりの手配、生け捕りにした者たちの監視、昼八つからの広敷広間での評定の立ち合い、と忙しいが、励んでくれ」

中川たちを一瞥《いちべつ》し、勇蔵がことばを重ねた。

「佐々は先に休め。疲れただろう」

「朝一番に出かけねばならぬ御曹司が、先にお休みください。雄猫たちへの餌やりは仕丁たちに指図してあります。何が起きるかわかりません。満足できる仕事ぶりではありませんが、仕丁たちにまかせるしかありません」

「ほかに手立てはない。公儀の財政は逼迫している。お猫番の人数が増える見込みはない」

あらためて、佐々が告げた。

「御曹司、早く寝てください。夜具を敷きますか」

「畳の上で寝る。夜具に潜り込んだら、寝過ごすかもしれないからな。悪いな。佐々のことばに甘えさせてもらう」

勇蔵が、いきなりその場に、ごろり、と横になった。

翌日朝五つ（午前八時）、勇蔵は高岡の屋敷の前にいた。

表門の物見窓に声をかける。

「お登勢様の使いで参りました。お吟を連れ帰ります。急ぎ城内に戻らねばなりませぬ。門番詰所で待たせてもらいます」

窓を細めに開けて、顔をのぞかせた門番が、

「潜り口を開けます」

とこたえて、窓を閉めた。

なかから潜り口の扉が開けられ、門番が顔を出して、言った。

「門番詰所で、暫時お待ちくださいい。用向きを、主人に伝えます」

うなずいて、勇蔵が潜り口をくぐり抜けた。


昼過ぎに、勇蔵はお吟とともに、千代田城にもどってきた。

お吟の取調べは広敷伊賀組の番頭用部屋で行う、と館野と打ち合わせてあった。

七ツ口へ向かわず、伊賀衆詰所へ入っていく勇蔵に、足を止めて、お吟が声をかけてきた。

「ここは伊賀衆詰所。もどるところが違います」

振り返って、厳しい顔で勇蔵が告げた。

「お吟殿、あなたは竜川様の密偵として、中臈お登勢様の動きをことあるごとに知らせていた。そのこと、あらかた調べはついている。今日、昼八つから竜川様一派による御庭御目見得にからむ揉め事の評定が行われる。お吟殿は、その評定に証人として呼び出される。これより広敷伊賀衆組頭館野様が、さらなる調べを行う。隠し事せず、ありていに白状することだ」

予想だにしなかった成り行きに、呆けたようにお吟は立ち尽くしている。

再び、勇蔵が声をかけた。

「入れ。評定の刻限が迫っている。調べに支障が生じる。自分の足で入っていけぬのなら、引きずっていくぞ」

勇蔵がお吟の手首を握って、軽く捻った。

怯えたのか顔を歪めて、お吟が声を高めた。

「入ります。訊かれたことには、すべてこたえます。痛いおもいはしたくない」

手を離して、勇蔵が告げた。

「入ってもらおう」

痛いのか、軽く手を振りながら、お吟が伊賀衆詰所に足を踏み入れた。

広敷広間の床の間を背にして、留守居役立花則道、若年寄酒井《さかい》丹波守《たんばのかみ》が座っている。

その前に戸田が座り、その脇に岡林が、岡林の斜め脇に館野が控えていた。

戸田の前に、松浦と竜川が座っている。

一方の壁際に、勇蔵に引き据えられた中川と、佐々に腕をとられた、松浦のもうひとりの家来・鈴木、井沢に両手首を摑まれ、後ろ手に縛られたような恰好のお吟が、前屈みになって苦痛に顔を歪めていた。

閉められた二方の戸襖の前には、十数人の伊賀組番士がいつでも動けるように片膝立てて等間隔に控え、万が一の事態に備えている。

戸田が、松浦から竜川へと視線を移して告げた。

「老中より評定の裁定役を仰せつかった広敷用人・戸田四郎衛門。役儀によってことばをあらためる。上様の側室選びの御庭御目見得に対し、局面をおのれらに利を生じるよう、さまざまな策を弄して、大奥を混乱に陥れたこと、松浦家家臣中川乾二郎、同じく鈴木臣助《しんすけ》、御中臈登勢殿付き女中お吟の証言によって明らかである」

ふたりを、はた、と見据えた戸田が、懐から二つ折りした書付を抜き出し、開いた。

「裁決を申し渡す」

開いた書付を広げて、読み上げる。

「上意。大目付・松浦内膳、御役御免の上、無期限の閉門、蟄居《ちっきょ》を申しつける」

一瞬、戸田を睨みつけた松浦が、次の瞬間、両手を突いて、がっくりと項垂《うなだ》れた。

「ただし、御上にも慈悲はある。自ら隠居届を出し、家禄減石などの処置を受け入れれば、松浦家は安堵される」

視線を竜川に移して、戸田がことばを重ねた。

「御年寄竜川は剃髪し、仏門に入り、人としての修行を積み重ねるよう命じる。明朝、大奥を追放し、鎌倉東慶寺《とうけいじ》へ護送する」

呆けたように口を半開きにして、両手を前に出して、いやいやするように、何度も首を小さく左右に振った竜川が崩れるように、その場にへたりこんだ。

戸田がさらにつづける。

「御中臈登勢殿付き女中お吟は、竜川とともに剃髪し、東慶寺にて、こころの修行をせよ。松浦家家臣中川乾二郎、鈴木臣助は武士の身分を剝奪し、八丈島への、島流しの罪に処する。この場にはおらぬが御中﨟牧江は利用されていただけと判断し、お咎めなし、とする」

　中川、鈴木、お吟が畳に額を擦り付け、嗚咽《おえつ》し、躰を震わせている。

　竜川らを冷ややかに見据えて、

「御上より下された裁可状、よく見て、おのれらの罪をおもいしるがよい」

　読んでいた裁可状の文面を竜川たちに向けた戸田が、高々と掲げてみせた。


　翌日の昼四つ（午前十時）過ぎ、勇蔵は和泉屋の店の奥、家人が住まう一画の、客間でお徳と差し向かいで座っていた。

「一昨日の夜は、ありがとうございました。おかげで命拾いをいたしました。御礼申し上げます」

　畳に額を擦りつけ、これ以上下げようがないほど頭を下げて礼を言った和泉屋喜兵衛が、

「商いに出かけますので」

　と部屋から立ち去っていった後、お徳が笑みを浮かべて言った。

「今日は雲一つない青空が広がっております。お登勢お嬢様が臨まれる御庭御目見得にふさわしい陽気。うまく運ぶことを祈るばかりです」

「私も、うまくいくよう祈っておる」

勇蔵が、真剣な面持ちになって、言った。

「今日は頼みがあってきた」

「主人が言っておりましたように、服部様はあたしたちにとって命の恩人。あたしにできることなら何なりと申しつけくださいませ」

「そう言ってくれると頼みやすくなった。実は」

身を乗り出した勇蔵に、

「同じ猫好き同士。猫好きのあたしには、服部様の仰有りたいことがよくわかります。当ててみましょうか」

微笑んだとき、襖越しに小鞠の鳴き声が聞こえた。

「小鞠が廊下にいるようだな」

「懐いて、可愛くなってきましたのに、何やら寂しくなりそうな、そんな予感がいたします」

謎かけのような、お徳の物言いだった。

勇蔵が笑みで応じた。

御庭御目見得の翌日、この日も空は青々と晴れ渡っている。

勇蔵は、七ツ口が開けられる朝五つ（午前八時）に着くように、伊賀衆詰所を出た。

懐には、お夏を通じてお登勢に渡す書付が、四つ折りにして入れてある。

着くと、七ツ口番が七ツ口にかけられた鍵を、解錠し終わったところだった。

声をかけ、お夏を呼び出す。

いそいそと出てきたお夏が、声をかけてきた。

「知らせたいことがあります」

お夏の顔が紅潮している。

「何があったのだ」

周囲に視線を走らせ、小声でお夏が言った。

「昨夜、千島様が、上様から『側室に迎える』との内示があった、と知らせてきたそうです。お道さんが教えてくれました」

「そうか。それはよかった」

と応じたものの、勇蔵の耳朶《じだ》には、高岡のことばが甦っていた。

「親としては、側室になるより、旗本の誰かに嫁いで、会いたいときに訪ねて行き、気兼ねすることなく、抱いたりあやしたりできる可愛い孫を産んでくれたほうがずっと嬉しい。親とは、そんなものです」

うむ、とうなずく。高岡のことばを忘れ去るための所作であった。

「朝一番にこられるなんて、何かあったのですか」

訊いてきたお夏のことばが、勇蔵を、高岡のことばの残滓《ざんし》から解き放った。

懐から書付を取り出し、告げた。

「この書付を、急ぎお登勢様に渡してくれ。できれば、直接手渡してもらいたい」

「重要な知らせなのですね」

「そうだ。すぐに渡してくれ。頼む」

念を押した勇蔵に、お夏の顔に訝しげなものが浮かんだ。

「念を押されるなんて、珍しい。いますぐお登勢様の部屋へ参ります」

「そうしてくれ」

笑みを向けて、勇蔵が踵を返した。

昼四つ（午前十時）過ぎ、お登勢は、勇蔵から呼び出されたときに、いつもやってくる、池の曲がりなりに立っていた。

懐には、お夏を通じて届けられた、勇蔵からの書付が入っている。

書付には、

〈白い迷い猫がうろついています。いつも密談を交わす池の畔《ほとり》へ、昼四つごろ、ひとりできてください。迷い出てきた白い猫が気に入られたら、小鞠と名付け、飼われるのも一興かと〉

とだけ記してあった。

白い猫。その文字を見ただけで、お登勢の胸は、

（小鞠に会いたい。触れたい）

との強いおもいに打ち震えた。

（白い迷い猫を見てみたい。小鞠の生まれ変わりかもしれない）

そんなおもいにかられて、お登勢はやってきたのだった。

ぐるりを見渡す。

白い猫は見当たらなかった。

（お猫番殿が、わざわざ知らせてきたのだ。必ず白い猫は現れる。現れるまで、ここで待つ）

そう決めたとき、背後の、いつも勇蔵が身を潜めている低木のあたりから、猫の鳴き声が聞こえた。

（小鞠の声に似ている）

そう思って振り向いたお登勢の目に、密集した低木の間から出てきた、白い猫の姿が映った。

喜んでいるのか尻尾を立てて、お登勢に駆け寄ってくる。

「小鞠」

思わず呼びかけた声に、白猫が反応した。

小袖の裾に飛びついて、背中を擦りつける。

その仕草を何度も繰り返した。

（迷い猫じゃない。小鞠だ。小鞠がもどってきた）

満面を笑み崩したお登勢が、小鞠を抱き上げた。

「小鞠。会えた。やっと会えた。小鞠」

小鞠の顔にお登勢が頬ずりする。

そんなお登勢と小鞠の触れ合いを、低木の後ろから見つめている者がいた。勇蔵だった。

笑みを浮かべて満足げにうなずき、身を低くして後退っていく。

その気配を、お登勢は感じ取っていた。

小鞠に頰ずりしながら、ゆっくりと振り返る。

林のなかを、身を低くしたまま立ち去る勇蔵の後ろ姿が、木々の間から垣間見えた。

無意識のうちにお登勢は、勇蔵の後ろ姿に頭を下げていた。

小鞠を抱きしめ、頰ずりしながらお登勢は、遠ざかり、小さくなっていく勇蔵の姿を見つめて、立ち尽くしている。

本書は書き下ろしです。

実業之日本社文庫　最新刊

赤川次郎
紙細工の花嫁
女子大生のところに殺人予告の脅迫状が誤配され、中には花嫁をかたどった紙細工の人形が入っていた。本当の宛先を訪れると……。人気ユーモアミステリー！

あ128

五十嵐貴久
能面鬼
新歓コンパで、新入生が急性アルコール中毒で死亡する。参加者達は、保身のために死因を偽装する。一年後、一周忌の案内状が届き……。ホラーミステリー！

い37

石田 祥
にゃんずトラベラー　かわいい猫には旅をさせよ
京都伏見のいなり寿司屋「招きネコ屋」に預けられた子猫の茶々がなぜか40年前にタイムスリップ!? 猫仲間、人間との冒険と交流を描く猫好き必読小説。

い211

知念実希人
呪いのシンプトム　天久鷹央の推理カルテ
まるで「呪い」が引き起こしたかのような数々の謎を前にして、天才医師・天久鷹央が下した「診断」とは!? 現役医師が描く医療ミステリー、第18弾！

ち1108

月村了衛
ビタートラップ
「私はハニートラップ」。公務員の並木は、恋人から突然、告白される。何が真実で、誰を信じればいいのか。恋愛×スパイ小説の極北。（解説・藤田香織）
つ61

葉月奏太
癒しの湯　人情女将のおめこぼし
ある日突然、親友が姿を消した――。札幌で働く平田は、友人の行方を追って、函館山の温泉旅館を訪れる。鍵を握るのはやさしい女将。温泉官能の超傑作！

は618

実業之日本社文庫　最新刊

花房観音
京都伏見　恋文の宿
秘密の願い、叶えます――。幕末の京都伏見、一通の手紙で思いを届ける「懸想文売り」のもとを訪れる人々の人間模様を描く時代小説。（解説・桂米紫）
は29

平谷美樹
国萌ゆる　小説 原敬
南部藩士の子に生まれ、明治維新後、新しい国造りを志した原健次郎が総理の座に就くまでには大きな壁が。〈平民宰相〉と呼ばれた政治家の生涯を描く大河巨編。
ひ54

南 英男
刑事図鑑
殺人犯捜査を手掛ける刑事・加門昌也。赤坂の画廊の女性社長絞殺事件を担当するが…捜査一課、二課、生活安全部、組対など凶悪犯罪と対峙する刑事の闘い！
み738

睦月影郎
美人探偵　淫ら事件簿
作家志望の利々子は、ある事件をきっかけに恩師とともに探偵事務所を立ち上げ、調査を開始。女子大生や人妻が絡んだ事件を淫らに解決するミステリー官能！
む221

吉田雄亮
大奥お猫番
伊賀忍者の御曹司・服部勇蔵。大奥で飼われている猫にかかわる揉め事を落着する〈お猫番〉に任じられるやいなや、側室選びの権力争いに巻き込まれて――。
よ512

実業之日本社文庫　好評既刊

吉田雄亮
俠盗組鬼退治

強盗頭巾たちに襲われた若侍の手にはなぜか富くじの木札が。江戸の諸悪を成敗せんと立ち上がった富豪旗本と火盗改らが謎の真相を追うが……痛快時代小説！

よ5 1

吉田雄亮
俠盗組鬼退治　烈火

俠盗組を率いる旗本・堀田左近の周辺で立て続けに火事が。これは偶然か、それとも…!?　闇にうごめく悪と仕置人たちとの闘いを描く痛快時代活劇！

よ5 2

吉田雄亮
俠盗組鬼退治　天下祭

銭の仇は祭りで討て！　札差が受けた不当な仕置きに山師旗本と人情仕事人が調べに乗り出すが、神田祭が突然の危機に…痛快大江戸サスペンス第三弾。

よ5 3

吉田雄亮
草同心江戸鏡

長屋の浪人にして免許皆伝の優男、裏の顔は!?　浅草は浅草寺に近い蛇骨長屋に住む草同心・秋月半九郎が江戸の悪を斬る！　書下ろし時代人情サスペンス。

よ5 4

吉田雄亮
騙し花　草同心江戸鏡

旗本屋敷に奉公に出て行方がわからなくなった娘たちはどこに消えたのか？　草同心の秋月半九郎が江戸下町の闇に戦いを挑むが……痛快時代人情サスペンス。

よ5 5

実業之日本社文庫　好評既刊

吉田雄亮
雷神　草同心江戸鏡

穏やかな空模様の浅草の町になぜか連夜雷鳴が響く。雷門の雷神像が抜けだしたとの騒ぎの裏に黒い陰謀の匂いが……人情熱き草同心が江戸の正義を守る！

よ56

吉田雄亮
北町奉行所前腰掛け茶屋

北町奉行所の前で腰掛茶屋を開く老主人・弥兵衛は元与力。不埒な悪事を一件落着するため今日も探索へ繰り出し…名物料理と人情裁きが心に沁みる新捕物帳。

よ57

吉田雄亮
北町奉行所前腰掛け茶屋　片時雨

名物甘味に名裁き？　貧乏人から薬代を強引に取り立てる医者町仲間と呼ばれる集まりが。彼らの本当の狙いとは？　元奉行所与力の老主人が騒動解決に挑む！

よ58

吉田雄亮
北町奉行所前腰掛け茶屋　朝月夜

茶屋の看板娘お加代の幼馴染みの女が助けを求めてきた。駆け落ちした男に捨てられ行き場のなくなった女は店の手伝いを始めるが、やがて悪事の影が……!?

よ59

吉田雄亮
北町奉行所前腰掛け茶屋　夕影草

旗本に借金を棒引きにしろと脅されている呉服問屋の相談を受け、元奉行所与力の弥兵衛が調べを始めるが、探索仲間の啓太郎と呉服問屋にはある因縁が……。

よ510

実業之日本社文庫　好評既刊

吉田雄亮
北町奉行所前腰掛け茶屋　迷い恋
捨て子の親は、今どこに？　茶屋の裏手から赤子の泣き声が。自ら子守役を買って出た弥兵衛だが、息子の紀一郎には赤子に関わる隠し事があるようで……。
よ5 11

あさのあつこ
花や咲く咲く
「うちらは、非国民やろか」――太平洋戦争下に咲き続けた少女たちの青春と運命をみずみずしい筆致で描いた、まったく新しい戦争文学。（解説・青木千恵）
あ12 1

あさのあつこ
風を繍《ぬ》う　針と剣　縫箔屋事件帖
剣才ある町娘と、刺繍職人を志す若侍。ふたりの人生が交差したとき殺人事件が――一気読み必至の時代青春ミステリーシリーズ第一弾！（解説・青木千恵）
あ12 2

あさのあつこ
風を結う　針と剣　縫箔屋事件帖
町医者の不審死の真相は――剣才ある町娘・おちえと、武士の身分を捨て刺繍の道を志す職人・一居が迫る。時代青春ミステリー〈針と剣〉シリーズ第2弾！
あ12 3

井川香四郎
桃太郎姫　もんなか紋三捕物帳
男として育てられた桃太郎姫が、町娘に扮して岡っ引の紋三親分とともに無理難題を解決！　歴史時代作家クラブ賞・シリーズ賞受賞の痛快捕物帳シリーズ。
い10 3

実業之日本社文庫　好評既刊

井川香四郎
桃太郎姫七変化　もんなか紋三捕物帳
綾歌藩の若君・桃太郎、実は女だ。十手持ちの紋三のもとでおんな岡っ引きとして、仇討、連続殺人など、次々起こる事件の〈鬼〉を成敗せんと大立ち回り！
い104

井川香四郎
桃太郎姫恋泥棒　もんなか紋三捕物帳
讃岐綾歌藩の若君・桃太郎が町娘の桃香に変装して散策中、ならず者たちとの間で諍いに。窮地を救った若き刀鍛冶・一文字菊丸に心を奪われた桃香は――!?
い105

井川香四郎
桃太郎姫暴れ大奥
男として育てられた若君・桃太郎。将軍暗殺の陰謀を未然に防ぐべく、「部屋子」の姿に扮して、単身大奥に潜入するが……。大人気シリーズ新章、堂々発進！
い106

井川香四郎
桃太郎姫　望郷はるか
偽小判騒動を通じて出会った町娘・桃香に、材木問屋の若旦那・菊之助がひと目惚れ。その正体が綾歌藩の若君（!?）と知らない彼は……人気シリーズ、絶好調!!
い107

井川香四郎
桃太郎姫　百万石の陰謀
讃岐綾歌藩の若君・桃太郎に岡惚れする大店の若旦那が、実は前加賀藩主の御落胤らしい。そのことを利用して加賀藩乗っ取りを謀る勢力に、若君が相対する！
い108

実業之日本社文庫　好評既刊

井川香四郎
歌麿の娘　浮世絵おたふく三姉妹
人気絵師・二代目喜多川歌麿の娘で、水茶屋「おたふく」の看板三姉妹は、江戸の悪を華麗に裁く美しき仕置人だった!!　痛快時代小説、新シリーズ開幕！
い10 9

井川香四郎
紅い月　浮世絵おたふく三姉妹
三社祭りで選ばれた「小町娘」が相次いで惨殺された。新たな犠牲者を出さぬため、水茶屋「おたふく」の三姉妹が真相解明に乗り出す！　待望のシリーズ第二弾。
い10 10

泉ゆたか
猫まくら　眠り医者ぐっすり庵
江戸のはずれにある長崎帰りの風変わりな医者と一匹の猫がいる養生所には、眠れない悩みを抱える人々が――心ほっこりの人情時代小説。（解説・細谷正充）
い17 1

泉ゆたか
朝の茶柱　眠り医者ぐっすり庵
今日はいいこと、きっとある――藍の伯父が営む茶問屋で眠気も覚める大騒動が!?　眠りと心に効く養生所〈ぐっすり庵〉の日々を描く、癒しの時代小説。
い17 2

泉ゆたか
春告げ桜　眠り医者ぐっすり庵
桜の宴の目玉イベントは京とお江戸のお茶対決!?　江戸郊外の高級料亭で奉公修業を始めることになった藍は店を盛り上げる宴の催しを考えるよう命じられて…。
い17 3

実業之日本社文庫　好評既刊

泉ゆたか
京の恋だより　眠り医者ぐっすり庵

江戸で、旅の宿で、京で、眠りのお悩み解決します！お茶のもてなしの心を学ぶため修業の旅に出たお藍が宇治で出会った若き医者との恋の行方は……？

い174

宇江佐真理
おはぐろとんぼ　江戸人情堀物語

堀の水は、微かに潮の匂いがした――薬研堀、八丁堀、夢堀……江戸下町を舞台に、涙とため息の日々に訪れる小さな幸せを描く珠玉作。（解説・遠藤展子）

う21

宇江佐真理
酒田さ行ぐさげ　日本橋人情横丁　新装版

お前ェも酒田に行くべ――日本橋の廻船問屋の番頭・栄助は同じ店で働いていた権助の出世に嫉妬の情が…名手が遺した傑作人情小説集。（解説・島内景二）

う24

宇江佐真理
為吉　北町奉行所ものがたり　新装版

北町奉行所付きの中間・為吉。両親を殺した盗賊集団の首領の発したひと言が為吉の心に波紋を広げ…直木賞作家・朱川湊人氏の追悼エッセイが加わった新装版。

う25

梶よう子
商い同心　千客万来事件帖　新装版

正しい値で売らないと悪行になっちまう――物の値段を見張り、店に指導する役回りの〈商い同心〉。値段の裏にある謎と悪事の真相に迫る！（解説・細谷正充）

か72

実業之日本社文庫　好評既刊

倉阪鬼一郎
おもいで料理きく屋　大川あかり
おきくと幸太郎の夫婦が営む料理屋「きく屋」。常連の提案で、大切な人との思い出の味を再現した料理を出すことに。それには思いもよらぬ力があり――。
く4 14

倉阪鬼一郎
おもいで料理きく屋　なみだ飯
亡き大切な人との「おもいで料理」が評判の「きく屋」。ある日、職人の治平が料理を注文するため訪れる。その仔細を聞くと……。感涙必至、江戸人情物語！
く4 15

田牧大和
恋糸ほぐし　花簪職人四季覚
料理上手で心優しい江戸の若き職人・忠吉。彼の作る花簪は、お客が抱える恋の悩みや、少女の心の傷を解きほぐす――気鋭女流が贈る、珠玉の人情時代小説。
た9 1

田牧大和
かっぱ先生ないしょ話　お江戸手習塾控帳
河童に関する逸話を持つ浅草・曹源寺。江戸文政期、寺に隣接した診療所兼手習塾「かっぱ塾」をめぐるちょっと訳ありな出来事を描いた名手の書下ろし長編！
た9 2

中得一美
おやこしぐれ
諍いが原因で我が子を殺められた母親が、咎人である少年を養子として育てることに――その苦悩の日々を切々と描く、新鋭の書き下ろし人情時代小説。
な7 3

実業之日本社文庫 よ5 12

大奥《おおおく》お猫番《ねこばん》

2024年12月15日　初版第1刷発行

著　者　吉田雄亮《よしだゆうすけ》

発行者　岩野裕一
発行所　株式会社実業之日本社
〒107-0062　東京都港区南青山6-6-22 emergence 2
電話［編集］03(6809)0473［販売］03(6809)0495
ホームページ　https://www.j-n.co.jp/
ＤＴＰ　ラッシュ
印刷所　中央精版印刷株式会社
製本所　中央精版印刷株式会社

フォーマットデザイン　鈴木正道（Suzuki Design）

＊本書の一部あるいは全部を無断で複写・複製（コピー、スキャン、デジタル化等）・転載することは、法律で認められた場合を除き、禁じられています。
また、購入者以外の第三者による本書のいかなる電子複製も一切認められておりません。
＊落丁・乱丁（ページ順序の間違いや抜け落ち）の場合は、ご面倒でも購入された書店名を明記して、小社販売部あてにお送りください。送料小社負担でお取り替えいたします。
ただし、古書店等で購入したものについてはお取り替えできません。
＊定価はカバーに表示してあります。
＊小社のプライバシーポリシー（個人情報の取り扱い）は上記ホームページをご覧ください。

©Yusuke Yoshida 2024　Printed in Japan
ISBN978-4-408-55927-8（第二文芸）